JÚLIO EMÍLIO BRAZ

um garoto
consumista na roça

DIÁLOGO

ilustrações
Roberto Negreiros

editora scipione

Gerente editorial
Sâmia Rios

Editora
Maria Viana

Assistente editorial
José Paulo Brait

Revisoras
Erika Ramires e
Nair Hitomi Kayo

Editora de arte
Marisa Iniesta Martin

Diagramador
Fábio Cavalcante

Programador visual de capa e miolo
Didier Dias de Moraes

editora scipione

Avenida das Nações Unidas, 7221
Pinheiros
CEP 05425-902 – São Paulo – SP

ATENDIMENTO AO CLIENTE
Tel.: 4003-3061

www.aticascipione.com.br
e-mail: atendimento@aticascipione.com.br

2018
ISBN 978-85-262-8066-3 – AL

CL: 737662
CAE: 260076

2.ª EDIÇÃO
13.ª impressão

Impressão e acabamento
Gráfica Paym

• • •

Ao comprar um livro, você remunera e reconhece o trabalho do autor e de muitos outros profissionais envolvidos na produção e comercialização das obras: editores, revisores, diagramadores, ilustradores, gráficos, divulgadores, distribuidores, livreiros, entre outros.
Ajude-nos a combater a cópia ilegal! Ela gera desemprego, prejudica a difusão da cultura e encarece os livros que você compra.

• • •

Dados Internacionais de Catalogação na Publicação (CIP)
(Câmara Brasileira do Livro, SP, Brasil)

Braz, Júlio Emílio
    Um garoto consumista na roça / Júlio Emílio Braz; ilustrações de Roberto Negreiros. – São Paulo: Scipione, 2004. (Série Diálogo)

    1. Literatura infantojuvenil I. Negreiros, Roberto. II. Título. III. Série.

04-8059   CDD-028.5

Índices para catálogo sistemático:
1. Literatura infantojuvenil   028.5
2. Literatura juvenil   028.5

Levante-se
Se você quiser sobreviver.
Fique, oh, tão esperto
Na sua vida.
Tudo cai do céu em cima de você.
Agora, o que você faz?

*Tradução livre de trecho da música "Latin
Simone", da banda Gorillaz.*

Este é só para você, Adriana!

SUMÁRIO

Como tudo começou 7

O amor é lindo 8

Toma, que o filho é teu! 13

Dureza 16

Papo profundo 21

A caminho da selva 25

Ao deus-dará 32

Família, essa desconhecida 37

O casarão 43

Alegria, alegria	48
Abandono	59
Emilene	67
Problemas	79
Pensando	82
Descendo o rio das Onças	83
E daí?	89
Ah, bom...	93

Como tudo começou

Bem, as coisas aconteceram mais ou menos assim...

É. Mais ou menos, porque não me lembro muito bem. Pode me condenar se quiser.

O que posso fazer? Tenho memória fraca.

Memória? Acho que não tenho isso, não. Talvez uma vaga lembrança. Creio que espasmos recordatórios seja a definição mais apropriada. Ou, quem sabe, um gesto de autodefesa. O fato é que a maior parte das lembranças não são lá muito agradáveis, e talvez fosse o caso de defini-las até mesmo como vergonhosas.

Ah, mas a culpa não foi minha. Eu sou a vítima dessa história, viu?

De quem?

E de quem mais poderia ser?

De meus pais, ora.

Mas, como eu dizia, foi mais ou menos assim...

O amor é lindo

Havia algo de novo e preocupante no ar que se respirava aqui em casa nas últimas semanas.

Chame de instinto. Chame do que quiser. Mas eu podia sentir um quê de perturbação no ir-e-vir de minha mãe.

Sabe como é, não?

Mamãe andava toda sorridente, falava – e a sério – em pôr aparelho nos dentes, usava roupa jovem, saia curtinha, falava gírias e se sacudia, toda bobinha, quando alguém lhe dizia que não aparentava a idade que tinha.

Não dava para desconfiar?

Vai me dizer que você ainda não descobriu.

Ah, precisa de mais pistas, hein?

Pensa só. Sua mãe começa a ficar de cochichos no telefone, muda o penteado e a cor dos cabelos como quem troca de blusa, substitui o Tom Jobim pelos Gorillaz, vive distraída, mais na lua do que o cavalo de São Jorge, e por aí vai.

Você *quase* acertou. Ela estava apaixonada!

Por que eu achava isso?

Ora, simplesmente porque mamãe tinha arranjado um namorado e acreditava que era o homem de sua vida, que não podia viver sem ele, que nada mais fazia sentido sem ele, que seriam felizes para sempre, que seu amor era demais, que a vida era bela, que o amor era lindo, que nós três juntos constituiríamos uma família maravilhosa... Enfim, ia sobrar para mim.

Sobrou!

Tudo começou numa tranquila manhã de junho, quando voltei da escola e encontrei minha mãe no meio da sala, rodeada de folhetos e prospectos.

Estranhei.

Não era do seu feitio chegar em casa antes das oito da noite. E muito menos aparentando tanta felicidade.

Diretora de *marketing* de uma grande agência de publicidade, mulher sobrecarregada de responsabilidade, sempre temendo perder o emprego, o padrão de vida, o carro importado. Tudo a estressava nas vinte e quatro horas que eram poucas para o seu dia. Por isso era comum vê-la emburrada, sufocando com grande elegância por trás da fumaceira dos cigarros que acendia um após o outro, reclamando de tudo e de qualquer coisa.

No entanto, ela sorria...

É. Isso era realmente preocupante.

Chegando mais perto, notei que se tratava de folhetos de viagens – Ilhas Gregas, Nova York, Paris e outros tantos destinos identificados por paisagens fascinantes e rostos irremovivelmente sorridentes.

Minha mãe ia viajar?

Perguntei. Ela sorriu.

– Eu e o Leo estávamos pensando em aproveitar nossos dias de férias no final do mês... – respondeu ela, o sorriso indo de orelha a orelha. – Você se lembra dele, não?

Vasculhei rapidamente a memória – e, afasta as aulinhas de inglês daqui, empurra a confusão da semana passada no Great Burger dali, abre caminho através das pernas esculturais da professora de biologia de lá, achei o Leo.

Quem era ele?

Um sujeito cheio de gel na cabeça e uma montoeira de dentes reluzentes na boca que ela trouxera para jantar na semana anterior aqui em casa.

Leo. Leo. Leo.

Diretor de arte da agência onde minha mãe trabalhava. E, pelos olhares que trocavam entre si, namorado dela também.

Grande Leo...

Ficou rindo de tudo o que eu dizia e se espantava a cada comentário de mamãe sobre minha inteligência ("Ele já está no oitavo ano!"), meu senso de humor, minha educação...

Mico legítimo.

Acho que conversei um pouco com ele e esquivei-me bem depressa quando o folgado quis pôr a mão na minha cabeça.

É, eu me lembrava do Leo.

Que noite!

Tudo bem, vai...

O cara era meio chatinho, mas eu não tinha nada contra ele. Na verdade, achei até legal minha mãe ter encontrado alguém para livrá-la daquele jeitão sargento-pé-chato que ela assumira desde que se separara de meu pai.

Ergomaníaca. Competitiva até a medula. Desconfiada até a alma. Carreirista. Do trabalho para casa, de casa para o trabalho.

Somente o Leo para tirá-la das trincheiras de sua sala para alguns dias de nada a fazer e tudo para curtir.

Graaande Leo...

Como já disse, alguma coisa me incomodava no comportamento de mamãe. Algo parecia me dizer que aquelas férias não me incluíam. A julgar pelos comentários que ela deixava escapar entre sorrisos e folhetos: "Que tal Bariloche?"; "Veneza!"; "Paris, hummm...".

Talvez fossem seus olhinhos brilhantes de paixão, ou quem sabe o interminável "eu-e-o-Leo" que ela não parava de repetir aqui e ali. Mas o que me afligia mesmo era aquela pergunta que não saía de minha cabeça:

– E eu?

Ela me olhou espantada, como se eu tivesse acabado de dizer uma grande bobagem.

– Você?

– É, mãe, *eu*. Eu vou?

– Pra onde?

Pelo jeito, seriam férias para lá de românticas. Precisa dizer mais?

Eu já tinha desistido de insistir na pergunta quando, de repente, minha mãe pareceu despertar de um belo sonho e, piscando nervosamente, olhou para mim e gemeu:

– Xiii, é mesmo...

Pois é, cara. O amor é lindo. Compreendi, afinal, que dessa vez não havia lugar para mim nos planos de mamãe.

Decididamente, ela estava mais apaixonada do que eu poderia imaginar.

Toma, que o filho é teu!

Os dois passaram a tarde inteira conversando.
Já adivinhou, não?
É, eles mesmos, minha mãe e o Leo.
Aquilo tudo era de fato surpreendente. Difícil de acreditar.

Os pombinhos planejaram as férias e simplesmente ignoraram o fato de que eu ainda teria quase um mês de aulas e não poderia ficar para trás como um saco de roupa suja.

E eu que pensava que era o grande amor de minha mãe...

Homem prático e pouco afeito a sutilezas, o Leo chegou a sugerir um monte de coisas, que ela descartava logo a seguir, entre um cigarro e outro.

Primeiro, pensaram em me mandar para a casa de minha avó.

– Não – cortou minha mãe. – Desde que meu pai morreu, ela vive às voltas com aquele clube da terceira idade e não para em casa.

É... devia ser genético.

– Que tal uma de suas irmãs? – sugeriu o Leo, esperançoso feito um torcedor do América.

Nada feito.

– A Regininha está morando com o namorado no Canadá, e a louca da Vânia resolveu salvar o mundo. Ela anda metida com cada grupo! – rugiu minha mãe.

Na terceira tentativa, eles acertaram.

– E o seu ex? – perguntou o Leo.

– É... – O sorriso largo e entusiasmado de mamãe foi altamente esclarecedor. – O Caio... – Ela pareceu mudar de ideia: – Não, não...

– Por que não?

– Porque este ano era a minha vez de passar as férias com meu filho.

– Troque com ele!

– E você acha que ele vai topar?

– Não custa perguntar.

– Se ele souber que é para nós dois irmos a Paris...

– Não precisa contar.

– Ele descobre!

– Ameace!

– Como é que é? – Minha mãe jogou a longa cabeleira loura para trás, os grandes olhos verdes cintilando de interesse e cumplicidade.

– Diga a ele que, se não levar o menino este ano, também não leva no ano que vem. Ou qualquer coisa do gênero.

– Não sei, não...

– Ah, meu bem, são as nossas férias. Nossas primeiras férias...

Puxa, como é bom a gente saber que é tão querido e desejado, não?

Precisa dizer mais alguma coisa?

Claro que não.

Menos de dez minutos depois, minha mãe já estava pendurada no telefone falando com meu pai. Nesse momento, meu pijama e eu deveríamos estar na cama, mas escutei tudo do alto da escada que levava ao quarto.

Foi uma conversa curta. Curta e grossa. Só faltou minha mãe dizer: "Toma, que o filho é teu! Pelo menos até eu voltar de Paris!".

Dureza

Depois do ultimato telefônico de minha mãe, seguiu-se uma terrível discussão entre ela e meu pai bem no meio da sala aqui de casa. Só um louco ousaria atravessá-la naqueles instantes que pareceram séculos.

Guerra total. Verborrágica. Rolaram até uns palavrõezinhos que acrescentei ao meu repertório até então bastante restrito, devo reconhecer.

Fiquei olhando para um e para outro e custei a crer que aqueles dois um dia se amaram a ponto de me porem no mundo.

Estranho, não?

Ser humano é um bicho para lá de complexo. Bastava olhar para meu pai naquele momento e descobrir toda a verdade e profundidade de tal afirmação.

Lá estava o homem de pouco mais de um metro e setenta, os cabelos grisalhos e já rareando no alto da cabeça, as bochechas vermelhas e os óculos perigosamente pendurados na ponta do nariz, prestes a cair, resmungando sem parar, pondo mil obstáculos nas pretensões sentimentais que se escondiam nas férias da ex-mulher.

Ciúmes? Bem provável.

Ressentimento? Acredito que sim, também.

Ele ainda gostava de mamãe. Vivia dizendo isso sempre que nós dois saíamos juntos. Falava. Repetia. Enchia minha paciência e me cansava a beleza.

"Então, por que vocês se separaram?"

Ele não sabia responder à minha pergunta, mas por vezes garantia que minha mãe também o amava, só que era cabeça-dura demais para admitir.

Verdade ou não, o fato é que meu pai nunca perdia uma oportunidade de torpedear os eventuais namoros de minha mãe.

Não seria diferente dessa vez.

– Este ano eu vou pra casa dos meus irmãos em Minas, Inês! – gritou.

Ah, esqueci de dizer que minha mãe se chama Inês. Maria Inês Caldeira Costa. Mas ela odeia o "Maria" e pede a todo mundo que o ignore solenemente.

– E daí, Caio? Aliás, isso é ótimo!

Eis o nome de meu pai: Caio Graco Pontes de Almeida Júnior, fotógrafo profissional.

– Vai ser até muito legal o Tino passar uns tempos num lugar onde o ar seja oxigênio, e não essa porcaria de poluição – continuou ela.

– Até parece que você não conhece seu filho!

Concordei com meu pai imediatamente.

Lembrei-me do que ele havia falado sobre os onze irmãos (isso mesmo: sete homens e quatro mulheres), além dos sobrinhos e os pais, que moravam num lugar chamado Bom Jesus de Camanducaia.

A mãe de todas as roças. Um fim de mundo esquecido por Deus, onde só havia três carros e o único telefone ficava num armazém e só podia ser usado até as seis, quando o dono fechava as portas.

Poeira.

Bicho.

Fedor de cocô de bicho.

Natureza selvagem.

Cobras.

Muitas cobras.

Enormes.

Cruz-credo!

Nem pensar! Sou um garoto da cidade grande. A comodidade da *van* da escola me comove. Meu celular é meu reino. Prefiro um bom edredom ao cobertor de estrelas lá no meio do mato de Bom Jesus de Camanducaia. Matar para comer, como meus primos gostavam de fazer com passarinhos e outros bichos, me revirava o estômago.

Pescar?

Detesto pescar.

É, meu pai realmente me conhecia e sabia perfeitamente bem que minha praia não era ali, que ir para o mato era a última coisa que eu pretendia fazer.

– Se você não levar o menino este ano...

– Você não me deixa levá-lo no ano que vem? – cortou meu pai. – É isso, Inês? Você teria coragem?

Pergunta boba. É claro que ela teria. Uma mulher apaixonada é capaz de tudo.

– Chantagem, Inês?

– Chantagem, não. Amor.

E, do jeito que eu conhecia aqueles dois, se ele estivesse no lugar dela, as coisas não seriam muito diferentes...

O amor é lindo, certo?

Como ela percebeu que pegara pesado com meu pai, procurou suavizar o discurso. Tornou-se meiga e, por fim, até suplicante:

– Por favor, vai... O que é que custa? Eu compenso você no ano que vem.

Eu já estava me sentindo incomodado com aquela conversa. Um pacote de batata frita da Chips-Chips teria melhor tratamento.

Tudo em vão. Em vez de ceder, meu pai se sentiu fortalecido na discussão e partiu para o confronto:

– Nem pensar! Vou levá-lo na data certa. Nem um dia a mais ou a menos. Você que adie suas férias com o Astrobaldo.

– O nome dele não é Astrobaldo!

– Mas tem cara de Astrobaldo!

Aí o bicho pegou de verdade. Não teve negociação. Foi aquela confusão, e a chantagem voltou sem nenhum disfarce.

– Se você não pegar o Tino agora...

– O que vai acontecer? Vai me impedir de levá-lo na minha data, vai?

O sorriso maquiavélico no rosto de dona Inês foi de assustar.

– A gente sempre pode pensar em alguma coisa...

Minha mãe não disse mais nada. Também, para quê? Aqueles dois se conheciam muito bem. E, se havia uma coisa em que eles se atiravam com entusiasmo, era naquelas guerrinhas domésticas. As chantagens e as trocas de ofensas faziam parte do jogo.

De vez em quando ele ganhava. Outras vezes, era ela que saía pela sala em triunfo, exibindo aquele sorriso largo e de dentes perfeitos.

Bem, para encurtar o assunto, dona Inês acabou vencendo. E eu, de um momento para o outro, me vi atirado numa viagem assustadora para os cafundós de Bom Jesus de Camanducaia.

Saber que era em Minas Gerais ajudava pouco. Minas é grande demais...

Papo profundo

Debrucei-me no parapeito da janela e fiquei pensando na vida.

Lá fora, o mundo era um silêncio só. A lua brilhava com calma, e a noite em que ela reinava absoluta fazia soprar uma brisa fria em meu rosto.

Nossa, eu estava poético aquele dia...

Acho que era tristeza.

Não. Tristeza, não. Frustração. É, eu estava frustrado. Meus pais sempre me deixavam assim depois de uma daquelas infindáveis discussões.

Gente difícil, cara.

Como é que eles haviam chegado a esse ponto?

Não se amavam mais? Claro que se amavam. Estava na cara, saltava aos olhos. Bastava ver como brigavam e se importavam quando alguém entrava na vida de um ou de outro.

Então, por que não conseguiam viver juntos?

Ego de mais?

Diferenças de mais?

Intolerância de mais?

Espaço de menos?

Não entendia. Não conseguia entender os dois. Não compreendia minha parte em toda essa história.

Por que será que *eu* estava ali?

Melhor: por que *nós* estávamos ali?

Por que existíamos daquela maneira por vezes tão louca e sem sentido?

Não podia ser apenas porque nascêramos e, como quase família, éramos condenados a viver mais ou menos juntos. Devia haver mais alguma coisa.

Freud explica?

Deus explica?

Você aí se habilita a me explicar o que estava acontecendo?

Improvável, né?

Hoje sei que, querendo ou não, percebendo ou não, os dois viviam me usando como bola de pingue-pongue num jogo sem regras ou vencedores.

Não, não era de propósito. Tenho certeza disso. Conheço esses dois há muito tempo.

Problema do nosso século.

As pessoas estão concentradas demais em seus problemas e interesses. Vivem como se não houvesse amanhã, não olham o mundo à sua volta.

O fato é que meus pais, tanto um como outro, me viam apenas de tempos em tempos. Eu era querido, sem dúvida, mas de vez em quando me sentia culpado, pois eles tinham suas vidas, e eu, de certa forma, criava uma espécie de prisão para seus sonhos e projetos.

Liberdade total não existe. Fica menor ainda quando se tem filho e família. Há pessoas que simplesmente não estão preparadas para assimilar o complicado conceito de responsabilidade, também conhecido pelo pseudônimo de liberdade parcial.

Puxa, agora eu sei que aquelas horas no analista em que minha mãe me colocou após o divórcio acabaram valendo alguma coisa. Estou mais profundo que bolso de pobre.

Não existem possibilidades ilimitadas depois que descobrimos que não estamos sós no mundo. A gente tem que começar a dizer "nós" em vez de "eu". Do contrário, a coisa fica complicada de verdade.

Outro dia eu li que a vida é bem mais divertida quando não somos responsáveis pelos nossos atos. Não, não foi em nenhum livro-cabeça. Foi numa tirinha do Calvin.

Acho que o grande dilema de meus pais é que eles estão a meio caminho disso e da consciência.

Sabe, seria bem legal se pudéssemos acreditar que nossos destinos são determinados pelas estrelas. Não haveria culpa, mágoa, ressentimento, despeito, inveja, vingança, nenhum sentimento ruim. Seriam apenas nós e elas. As estrelas justificariam nossos erros, suavizariam nossos remorsos, orientariam nosso caminho em direção ao futuro, sem arrependimentos, sem olhar para trás.

O que meus pais pensavam quando se casaram?

E o que tinham em mente ao se separar?

Acho que naquela noite eu estava me preocupando à toa. Afinal, não havia mais nada que pudesse fazer. Se insistisse em esquentar a cabeça, a única coisa que talvez conseguisse era ficar mais infeliz do que já estava.

Decidi que ia dormir.

Sim, porque no dia seguinte começaria uma nova e empolgante etapa de minha existência.

Mamãe já havia partido para Paris com o "Astrobaldo". Adorei o apelido que meu pai pôs no chato do Leo.

Papai pediu que eu me aprontasse e não me atrasasse, pois viria me buscar bem cedo. E *cedo*, para ele, significava de *madrugada*.

Qual o segredo da felicidade?

Não pensar apenas em você.

É o seu segredo e também o de todos.

Ah, é...

Mas é bem difícil perceber isso.

A caminho da selva

Como eu não conseguia dormir mesmo, fui me preparando com calma.

"Meu pai vai aparecer bem cedo", pensei.

É bem o estilo dele, principalmente quando se entusiasma com alguma coisa. Os sintomas são claros e cada vez mais preocupantes.

Primeiro, começa a ligar de hora em hora. Depois, de meia em meia hora. Minutos mais tarde, o telefone não para de tocar. Meu pai fica indócil. Não consegue deixar de olhar para os relógios de sua vida (assim como minha mãe, ele adora espalhar esses aparelhinhos irritantes pela casa e consultá-los a toda hora, ainda mais nos momentos de profundo entusiasmo). Deita, senta, levanta, passeia pela casa, anda em círculos, telefona para os amigos, enche a todos com recomendações, assalta a geladeira, toma doses colossais de vitaminas à base de açaí e outras gororobas exóticas que eu tremo só de ouvir o nome.

Quer saber o que é pior?

É, tem coisa pior ainda.

Adivinhe...

Eu. Euzinho da silva. Sou eu que me deixo contaminar por esse estresse todo e acabo indo de um lado para o outro, insatisfeito, enchendo mochilas com coisas que retiro delas no momento seguinte.

Finalmente cheguei a um consenso. Resolvi que só levaria o básico.

Mas o que seria o básico para ir a um fim de mundo intitulado Bom Jesus de Camanducaia?

Nem eu sabia... Mesmo assim, não quis arriscar.

As camisas, claro, eram da Boys & Girls. As calças, todas *jeans*. Preferi levar apenas cores escuras, By Yukon. Os tênis, obviamente, ostentavam as marcas Tuma, Bike e Nacity's. Ah, é... já ia me esquecendo. Descolei uma botinha esperta da Pike's Peak. E decidi levar dois chinelos da Beach-Beach. Ok, está certo, eu sei que é *surfwear*, mas não tenho nada *mountainwear* para levar, poxa vida!

Minha mãe lembrou que no mato tem mosquito e me encheu de repelentes que ela havia comprado na loja de um amigo no *shopping* Emerald Hill. Comprou também bonés da Casco, Casquet & Cap. Gorros da Alpne. Mochilas da Free-Way. Óculos escuros da Eyes & Gafas. Óculos de mergulho da Deep-Deep Adventures & Co. Coletes salva-vidas da Bora--Bora. Três pares de *walkie-talkies* da Piperbell. Duas bússolas finlandesas da Hakkiunto. Um filtro de água canadense – da Mountain House, é claro. Binóculos japoneses da Sukiaky Enterprises. Uma bota inglesa (ou escocesa?) da Hibernian, com solado resistente e estável, ranhuras que realmente aderem ao terreno (li tudo isso no folheto), cabedal confeccionado com material próprio para cada trilha, de tela arejada, à prova d'água ou forrada contra o frio, ilhoses que garantem firmeza na amarração e proteção e conforto no calcanhar, ponteira e dorso do pé. Bastões de iluminação química da Alfa-Ômega. Luvas de couro da Sitting Bull. Cantis da Colorado Spin. Uma barraca de *trekking* da Khatung Kang. Um *sleeping-bag* da Trails & Timberwells. Um *mosquito-control* da Sleeping Green. Meias grossas da Brooklyn Shoes.

Só o básico.

Mamãe mais uma vez coisificando seus sentimentos e, vá lá, um certo sentimento de culpa.

Bem, fosse o que fosse, tudo seria útil.

Como eu não imaginava o que meu pai queria dizer quando garantiu que eu iria me divertir demais, tratei de me cuidar.

Levei meu *CD player* e meus CDs favoritos, a começar pelos Watterson Twins, FDT 407, Melancias Voadoras, Os Formigões, Gandaia Boys e o *rock* pauleira dos alemães Dumbkopf.

Também coloquei na mochila toda a minha coleção completa do Capitão Labareda, dos Chutamons e dos Tigers Boys. Histórias em quadrinhos da melhor qualidade.

Ah, é... levei ainda o último volume das aventuras do detetive-bruxo-mirim Tommy Lord.

Três *gameboys*. Um tubo de pasta de dentes da Mr. Teeth. Uma escova de dentes elétrica da Shocking Blue. Fio dental da Amazonas Breeze. Quase que eu ia esquecendo os cobertores nepaleses da Timbuktu.

Meu pai, claro, riu muito.

– Você não está falando sério, está? Levar isso tudo...

– Por quê? Não posso?

– Poder, pode. Mas não deve.

– Ué, por quê?

– É muita coisa, filhão. Você não está indo para um safári, nem terá um bando de carregadores à sua disposição, meu simpático "buana".

– A gente bem que podia dividir e...

– Alto lá, espertinho! Cada um carrega a sua, e a amizade continua.

– Puxa, pai, você não é solidário.

– Não, mas tenho bom senso.

– Quem disse?

Ele sorriu novamente.

– Aí, filhão, sei que você não gostou desta mudança

repentina. Eu também não imagino como as coisas vão acabar, mas a gente bem que podia tentar se divertir...

– Indo pra selva? Fica meio difícil.

– Mas que drama, hein? Nenhum de nós está indo pra selva.

– Questão de opinião.

– Bom Jesus de Camand...

– Lá não tem McGrude Tio Sam!

– Muita gente neste mundo vive muito bem sem McGrude Tio Sam...

– Nem um Super Big Better Burger!

– Nem um Tony's, nem telefone celular, nem tevê a cabo, nem computador...

Espantei-me sinceramente.

– Não?

– Meu pequeno consumista...

– Ah, pai, fala sério, você vai querer mesmo se entocar naquele fim de mundo?

– Seus tios e primos vivem naquele fim de mundo.

– Eles moram lá. Viver é outra coisa.

– Você acha?

– Diversão também!

– Como você pode saber? Nunca pôs os pés pra fora deste apartamento!

– Eu vou ao Jardim Botânico...

– É, e ao Zoológico também. Passou por aventuras alucinantes no Simba Safári e deve ter jogado todos os *games* de aventuras nas selvas virtuais do mundo, em montanhas holográficas, no gelo internético e...

– E eu perdendo meu tempo conversando com um natureba.

– Não sou natureba, filho. Só gosto de curtir uma naturezazinha de vez em quando...

De vez em quando?

"Tá querendo me enganar, é?"

Ele passava mais tempo no mato do que em seu estúdio na Tijuca. E só saía do ambiente bucólico quando se envolvia nas manifestações ecológicas das incontáveis ONGs que frequentava.

Verdade, meu pai pôs na cabeça que vai salvar o mundo sozinho.

Só faltava ele dizer, num bom portunhol, "¡Hay manifestación, estoy dentro!".

Passeata contra o crescimento do buraco na camada de ozônio. Manifestação contra a matança das baleias. Panfletagem na porta de fábricas poluidoras em Cubatão. Perseguição e ataque com jatos de tinta a porta-aviões nucleares americanos ancorados na baía de Guanabara. Protesto contra a utilização de animais em experiências laboratoriais da indústria de cosméticos. Participação no simpósio pela proscrição das armas nucleares. Acorrentamento diante de usinas termelétricas em Mato Grosso e nucleares em Angra dos Reis. Destruição de plantações de transgênicos no Paraná. Lançamento de tortas e fumaça na cara de empresários da indústria de cigarros e similares reunidos numa convenção em São Paulo.

Esqueci alguma coisa?

Certamente. É quase impossível lembrar de todas as manifestações abraçadas por meu pai.

Um verdadeiro eco-dom-quixote a caminho da selva...
E me levando junto!
Pode uma coisa dessas?

Ficar deitado no chão frio, duro ou lamacento, as costelas enfrentando pedregulhos monumentais. Atolado na lama, devorado pelos mosquitos e fugindo de outros insetos ainda mais feios e peçonhentos. Tremendo até os ossos, mergulhado até o pescoço nas águas não tratadas de rios, riachos e córregos desconhecidos, em florestas escuras como breu. Cãibras. Bolhas nos pés. Comida enlatada.

Diversão é isso. O resto é brincadeira.

Puxa, como eu estava "feliz". A estrada era longa. Até chegar a Bom Jesus de Camanducaia, haveria ainda muitos postos de gasolina e paradas "elegantes". Quem sabe, até lá, eu não enchesse tanto a paciência de meu pai que ele ficasse contente em me deixar voltar para casa pegando carona com algum caminhoneiro.

A ideia não era ruim. Depois, quando ele voltasse, se voltasse, contaria tudo para mim, e nós teríamos muito do que rir, não é verdade?

Não custava nada tentar.

Ao deus-dará

Não deu certo. Meu pai estava realmente muito, imensamente, totalmente interessado naquelas férias em Bom Jesus de Camanducaia.

Por quê?

Só Deus sabia.

Fala sério.

Não, não, melhor. Pensa bem.

Que ser humano em seu perfeito juízo, maior de idade, dono de um belo apartamento em Vila Isabel e um tremendo estúdio fotográfico na Tijuca, requisitado por meio mundo da moda, perseguido por modelos lindas, candidatas a minha madrasta, com as melhores lojas e *shoppings* ao seu alcance, tendo todas as comodidades da vida moderna, pensaria em se enfiar num buraco daqueles?

Não, eu não sou esse ser humano maluco. Sou um pouco pior...

Quem sou eu?

A vítima indefesa de todo esse repentino, mas perfeitamente explicável, entusiasmo ecológico. O filho do senhor Caio.

É, apesar de meus esforços para infernizar a vida dele ao longo do dia, de vomitar no banco de trás inteirinho, de pedir para fazer xixi a cada quilômetro, de reclamar de cada lugar e de cada comida que encontrávamos naqueles lugares, de ficar lendo gibis enquanto ele falava euforicamente do que nos esperava em Bom Jesus de Camanducaia, de fazer careta para os motoristas dos carros que passavam por nós, entre outras coisas, eu continuava ali, enlameado. É, enlameado.

Estava caindo um verdadeiro temporal, daqueles dos bons mesmo, quando chegamos a Bom Jesus de Camanducaia.

Água. Água. Água. Muita água caindo do céu escuro, mas tão escuro que dava para estender as mãos e tocá-lo.

Relâmpagos riscavam o horizonte ameaçadoramente. A terra tremia, sacudida por trovões que fariam o mais valente dos mortais molhar as calças. O asfalto acabara em Três Corações, e o barro era o prato do dia numa estrada esburacada e lamacenta. Como a sorte estava do nosso lado, no meio de lugar nenhum topamos com um belo exemplar bovino.

Uma vaca, meus amigos. Não uma vaca comum, claro, mas a mãe de todas as vacas, calma, ruminando praticamente bem no meio de, vá lá, uma estrada muito escura e assustadora, o mato crescendo dos dois lados e aquelas árvores enormes, verdadeiros monstros, estendendo seus longos galhos até não mais poder e formando um longo e escuro túnel que se fechava sobre nossas cabeças, aumentando aquela escuridão terrível.

Meu pai, o ecofanático, piscou os faróis, buzinou, acelerou – aí descobrimos que também estávamos atolados num daqueles magníficos buracos –, e a vaca lá, impávido colosso, ruminando, ruminando, ruminando e, finalmente, arriscando um olhar indolente, cheio de pouco-caso para com a nossa disposição em seguir viagem. Nem os trovões, os relâmpagos, o dilúvio que caía sobre nós a intimidavam. Vaquinha tinhosa era aquela.

Seu Caio se invocou e saiu correndo do carro, agitando o casaco vermelho favorito. Voou na direção da vaca e gritou feito um louco. Escorregou, tropeçou, tentou ficar de pé e, por fim, caiu de cara na lama sem nenhuma dignidade.

Até a vaca riu, cara. Pode crer, ela riu. Eu juro.

E partiu calmamente, penso eu que para contar a última do *Homo sapiens* para a primeira galerinha bovina que encontrasse.

Papai, acredite, satisfeito por ter tirado aquele obstáculo de nosso, digamos assim, caminho, entrou no carro e, todo coberto de lama, ligou o motor e acelerou, dizendo:

– Puxa, estamos atrasados!

E continuamos atrasados, pois ele se esquecera de que estávamos atolados numa poça de lama.

Entrincheirei-me atrás de um de meus gibis quando ele espichou aquele olhar pidão atrás de ajuda.

Nem pensar. Já bastava um bobo para fazer as vaquinhas se desmanchar em iogurte de tanto rir. Eu é que não ia me atolar naquele lamaçal.

Eu não queria estar ali, lembra-se?

Além do mais, adoro asfalto, concreto e outras coisinhas que nos livram desse duvidoso prazer de desfrutar de tamanha intimidade com a natureza.

Natureza?

Ela lá e eu cá.

Bem, aposto que você está querendo saber se meu pai conseguiu tirar o carro do buraco, não é mesmo?

Ufa, conseguiu. Atolado até os joelhos no lamaçal, escorregando e bufando feito um desesperado. Ah, é... e caindo de cara no barro umas quatro ou cinco vezes.

Mais ecológico, impossível.

Quando o velho voltou para dentro do carro, tinha lama do último fio de cabelo à unha encravada do dedão do pé. Eu ainda pensei em dizer alguma coisa, trovões estrondeando lá fora, um chuvaréu terrível desabando sobre o mundo e alguma vaca morrendo de rir em algum lugar daquele matagal apavorante, mas ele virou-se para mim com os olhos lampejando de raiva e brandiu o indicador com uma ameaça silenciosa. Mudei de ideia...

Mas ninguém disse que eu não podia rir. E eu ri.

Sabe de uma coisa? Aquelas férias na roça até que prometiam ser bem engraçadas.

Família, essa desconhecida

Houve implicância desde o início.

Na verdade, assim que viram o brinco na minha orelha esquerda.

Ninguém falou nada, mas ficaram todos olhando, cochichando uns com os outros, minha avó com aquele risinho acabrunhado nos lábios, o vô torcendo a ponta do bigode e com a indisfarçável cara amarrada de quem não aprovava tais modernidades da cidade grande.

"Caipiras!"

Olhei para eles durante um bom tempo, sem saber exatamente o que dizer. Tudo bem, eram a minha família também. Mas, verdade seja dita, eu me sentia muito pouco à vontade diante deles. E isso, meu olhar não conseguia esconder.

Puxa, e eles eram muitos...

Vó Belinda. Vô Leônidas. Tios, vários deles. Primos, uma infinidade.

Tio Rubinho era baixinho e gordinho, ria à toa e usava roupas de gordo que não se assume como tal. Ou seja, todas as suas camisas e calças, sem exceção, pareciam na iminência de explodir numa saraivada de botões. Tio Jandir parecia uma daquelas árvores da estrada, de tão alto. Estava ficando careca e cheirava a cachaça ou, pelo menos, algo alcoólico.

Tinha também o tio I-Juca-Pirama, fruto de um surto indianista de meu avô ou de sua paixão por Gonçalves Dias, eu ainda pretendia descobrir. Tio Roberto Carlos ostentava esse nome por causa da minha avó, que era fã do ídolo (o cantor, não o jogador). Era o professor da única escola do lugar.

Tio João Maria era culpa do padre. Não. Não é nada disso que você está pensando. É que meus avós são super-religiosos e, durante muito tempo, esse foi o nome do pároco local. Para azar da criança, que nasceu um mês depois da morte do venerado, idolatrado, querido padre.

"Era um santo", repetia minha avó, de tempos em tempos.

Azar o dela, isso sim, pois o tio João Maria era o bonitão da família. E, segundo meu pai, fazia coleção de moça bonita na cidade e nas redondezas. Nem papai nem ninguém punha a mão no fogo pelo *donjuán* rural quando diziam que ele tinha um monte de filhos na região.

Havia ainda tio Juscelino, que usava uma barba longa e, para desgosto de vó Belinda, era budista. E tio Mílton, que era o caçula e cursava oceanografia numa universidade aqui do estado do Rio de Janeiro, eu acho. Pente, para ele, era uma coisa totalmente sem importância, pois cada fio de seu cabelo apontava numa direção diferente.

Acabou?

Não, está apenas começando. Eu ainda não falei das minhas tias, falei?

Tia Wanderleia era a filha mais velha de vó Belinda e vô Leônidas. Grande em todos os sentidos e viúva pela terceira vez, fazia coleção de filhos.

Eram sete, grandes como ela, claro.

Tia Filomena deveria se chamar Olívia. Precisamente Olívia Palito, de tão magra que era.

Tia Maria Carolina, mais conhecida como Cotinha, usava o cabelo preso em duas longas tranças e óculos de aros redondos muito engraçados, uma das hastes presa com esparadrapo. Era a solteirona do pedaço. Bastava abrir a boca para a gente saber por quê.

"Chatinha que só ela..."

Tia Penélope, a caçula das mulheres, era uma verdadeira gata. Por isso, todos a tratavam como se fosse um bibelô, e meu avô vigiava de perto seus namoros. Aliás, o Ricardo, namorado dela, estava lá no casarão quando meu pai e eu chegamos. Coitado do rapaz! Mal podia encostar um dedo na belezura (palavras de meu pai), que vô Leônidas o fulminava com os olhos imediatamente.

Os primos eram doze. Isso mesmo. Doze, pode acreditar.

Itamar era o mais velho de todos, e também o primogênito de tia Wanderleia. Treze anos. Grandalhão, cabelos vermelhos, cara larga e uma voz de trovão que, no entanto, afinava nos momentos mais inesperados e o matava de vergonha.

"Tadinho", repetia vó Belinda, "ele está trocando a voz..."

Os outros o chamavam de Bugrão, e eu logo entendi por quê. Era grande, bobo e grosseiro de assustar.

Emilene gostou do meu brinco.

"É bonitinho, né?"

Bonitinha era ela, ruivinha, sardenta e com um lindo par de olhinhos verdes. Irmã do Bugrão. E este virava um bugre de verdade sempre que alguém, principalmente do sexo masculino, se aproximava da maninha de onze anos. Ficava igualzinho ao nosso avô quando o Ricardo pensava em colocar um dos braços sobre os ombros de tia Penélope.

Eu, hein?!

Os outros filhos de tia Wanderleia eram o Guilherme, feinho e dentuço, mas com cara de esperto; o Tuta, sonso como ele só; o Breno, mais conhecido como Fiapo, o craque da família, magro como um varapau; a Inês, gordinha, baixinha e muito implicante; e o Rodrigo, que falava pouco e parecia não ligar para ninguém.

Mateus, o filho único de tia Filomena, era grande como o Bugrão, mas não tinha nada de bobo. Seus olhos castanhos revelavam esperteza e inteligência incomuns. Era o dono do Rex, obviamente um cachorro de raça indefinida e ar sonolento.

Leandro e Leonardo – qualquer semelhança com a antiga dupla de cantores sertanejos é mera coincidência – eram os gêmeos de tio Rubinho, tão gordinhos e avermelhados como ele.

Tio Jandir também tinha um filho só: Miguel. A cara do menino era triste de doer. Tio I-Juca-Pirama era pai de Raoni, e a mãe deste, Fefê, ou Fernanda para os não íntimos, estava grávida do meu décimo terceiro primo.

Imagine esse monte de gente olhando para mim, mais especificamente para o meu brinco. Minhas roupas. Minha mochila transbordante de coisas da cidade.

Meus primos me encaravam com indisfarçável curiosidade, entre risinhos e mais risinhos. O cachorro não parava de me cheirar. E os rosnados da "fera", confesso, me assustavam um pouco. Mas bem menos que as vigorosas coçadas que dava naquelas orelhas enormes, de vez em quando, e bem próximo de mim.

Pulgas?

Piolhos?

Sarna?

Ai, meu Deus...

Sorrir, correr ou deixar a vida seguir seu curso?

Eu não sabia o que fazer.

Olhava para eles, e eles olhavam para mim. Eu pensava e pensava...

Tão diferentes dos Scampari, a família de minha mãe, sempre tão cheios de coisa e orgulhosos de sua ascendência italiana. Sérios. Severos. Pomposos.

O mais engraçado é que, comparando uns com os outros, eu ainda ficava com aqueles... aqueles... aqueles...

"Caipiras!"

Chovia lá fora quando começaram os preparativos para o grande jantar. Vô Leônidas, ainda torcendo a ponta do bigode, olhava desaprovadoramente para o meu brinco.

Nossa, como era difícil ser moderno em Bom Jesus de Camanducaia...

O casarão

O casarão era enorme. Também, para caber tanta gente, tinha mesmo que ser bem grande.

Havia quarto para todo mundo. Os primos, é claro, tiveram que se espremer em dois ou três cômodos, e não se falou mais no assunto, pois vô Leônidas é daqueles que dita todas as regras e não admite contestação.

Acho que ele não gostou de mim. Não, ele não gostou foi do meu brinco. Para onde quer que eu fosse, seu olhar ia junto, carrancudo, as sobrancelhas muito brancas e encrespadas, enchendo de sombras seus olhos brilhantes.

Já vó Belinda é doce como mel (meu pai, com certeza, puxou a ela). Sorri para todos e por qualquer coisa. Basta um dos netos fazer uma gracinha e ela se desmancha toda. Eu devia parecer meio esquisito para ela, pois passou um bom tempo me olhando de longe, cheia de dedos, pouco à vontade, não sabendo muito bem como lidar comigo.

Ganhei uma cama no quarto mais barulhento do casarão. Meu pai e meus tios solteiros (Roberto Carlos, João Maria, Juscelino e Mílton), além de Ricardo, namorado de tia Penélope, não paravam de falar desde que havíamos chegado. Falaram durante o jantar. Falaram depois do jantar. Gargalhavam muito e bem alto. Fugi para outro quarto, pensando em escapar da confusão, e acabei no maior aposento: lá estavam meus primos Miguel e Mateus, além de Bugrão e seus irmãos, menos Emilene e Inês, é claro. Elas dormiam com a mãe, Wanderleia, e tia Penélope, eu soube depois. Quanto aos tios Rubinho, Jandir, I-Juca-Pirama e Filomena, estavam cada um num quarto, com suas respectivas mulheres e marido. Vô Leônidas e vó Belinda também. A maravilhosa companhia de tia Cotinha sobrou para os pequenos Leandro, Leonardo e Raoni. Tadinhos...

Bem, mas voltando ao quarto em que fiquei...

– Aqui é o quarto dos homens, sô! – gritou o Bugrão quando perguntei por Emilene.

Instalei-me na parte de baixo do beliche que dividi com Miguel. Achei legal, pois ele quase não falou com ninguém naquela noite, e eu queria mesmo era ficar quietinho.

De repente, percebi que todo mundo olhava para mim, Mateus com um risinho matreiro nos lábios.

Estavam todos curiosos comigo, mas principalmente com o que eu fazia. Antes de me deitar, para ficar mais seguro, revirei os lençóis, olhei debaixo da cama, cheirei o travesseiro, dobrei e desdobrei o cobertor. Mais tarde, todos me cercaram para verificar o que eu tirava da mochila. Isso porque eles nem tinham visto o que ficara no porta-malas do carro de meu pai. O que causou espanto mesmo foi meu pijama de Homem-Aranha, que minha mãe comprara na Teenager's especialmente para aquela viagem.

Fiquei meio sem graça. Meio, nada. Fiquei *muito* sem graça.

Quanto mais coisas eu tirava da mochila, mais eles me olhavam e riam, divertindo-se à minha custa.

– Vocês não vão dormir, não? – perguntei.

– A gente ia ver televisão, mas quando chove a vó não gosta que deixe o aparelho ligado – disse Breno. E acrescentou: – Além disso, aquilo ali é melhor... – apontou para a minha mochila. – O que tem mais aí dentro, hein?

– Deve ter um avião – brincou Bugrão.

– Um banheiro portátil – zombou Tuta.

– Parece cartola de mágico – observou Mateus, olhando para os outros com ar zombeteiro. – Será que vai sair algum coelho?

Nesse momento, Miguel, que estava deitado na cama de cima do beliche, sem olhar para mim ou para os outros, disse:

– Liga pra eles não, primo. São bobos assim mesmo. Daqui a pouco passa.

Passou mesmo. Pouco a pouco, cada um foi para o seu beliche. Alguns ainda se amontoaram em grupinhos, falando de mim, resmungando qualquer coisa. Bugrão dirigiu um olhar chateado para Miguel, que na cama estava e lá continuou, sem sequer olhar para ele.

Vesti meu pijama – é, o de Homem-Aranha mesmo, pois nem cogitei trocá-lo pelo outro que trouxera, de Super--Homem – e me deitei, tentando não pensar nas cobras que temia estarem debaixo da cama, nas aranhas que supunha se esconderem entre os cobertores e lençóis, todos venenosos, tanto os ofídios quanto os aracnídeos.

Tentei dormir. Inutilmente, é claro, pois meu pai e meus tios continuavam berrando no outro quarto. Quanto a meus primos, à exceção de Miguel e Rodrigo, não paravam de fazer planos para o dia seguinte, quando pretendiam ir com os pais deles e o meu – levando-me junto, com certeza – a um lugar conhecido pelo sombrio nome de Grota do Inferno.

Tremi nas bases, já antevendo minha estupenda *performance* na companhia daquele grupo de loucos. As trilhas lamacentas. A floresta se fechando ameaçadoramente em torno de mim. Bichos e mais bichos. Estranhos. Peçonhentos. Assustadores. Frio. Mosquitos. O sol acabando com minha pele – nesse momento, lembrei que havia esquecido de incluir um bom protetor solar Sun-Sun na bagagem.

Comer no mato?

Que arrepio!

Meu reino por um supertriplo *cheeseburger* do Mr. Burger!

Para esquecer de tudo, meus medos, as impossibilidades de uma vida moderna naquele fim de mundo, comecei a viajar na história do casarão.

Imaginei aquela imensidão cheia de quartos cheirando a tempo, a muitas e muitas vidas que por ali passaram, dormiram, choraram, sorriram, gargalharam, experimentaram emoções as mais diversas...

Naquele instante, pensei em minha mãe se divertindo com o namorado e odiei Paris.

Por quê?

Porque eu não estava lá com ela!

Só por isso.

Alegria, alegria

Não conseguia dormir. Só pensava no que me esperava no dia seguinte. Levantei-me e fui à cozinha tomar um copo de água. A janela estava aberta. Arrisquei um olhar. Lá fora tinha tanta estrela que dava a impressão de que uma delas ia cair na minha cabeça. O céu me parecia tão próximo que eu poderia alcançá-lo com as mãos.

Sons demais.

Olhos brilhavam na noite. Eu me via num daqueles *videogames* da Nunsay Simintendo.

O ar de Camanducaia cheirava diferente. Tio Rubinho riu quando eu disse isso. Ele havia se levantado para tomar água também.

– É que você vem de um lugar onde o sujeito só acredita no ar quando o vê ou o toca – disse ele. – Bem pretinho, por sinal.

Engraçadinho...

Aliás, todos por lá eram engraçados. Viviam rindo o tempo todo.

Não sei do quê, mas riam, e muito.

Agora eles haviam encontrado outro jeito de passar o tempo... e de rir, é claro. Rir de mim.

Tudo o que eu falava os fazia se calar por uns segundos e, depois, não dava outra: se escangalhavam (palavra deles) de rir.

Riso curto. Riso longo. Riso de canto de boca. Risinho breve, educado. Risinho irônico. Gargalhada escandalosa.

E tudo por conta daqueles primeiros dias na tal Grota do Inferno.

Você quer saber o que aconteceu?

Tudo bem, eu conto.

Um desastre.

Como assim?

Um desastre para mim.

Na verdade, nada que eu já não esperasse. Havia alguns sinais no ar, principalmente quando acordei com uma gritaria e uma falação das mais assustadoras e, pior, com mãos poderosas puxando os lençóis e cobertores que me cobriam. Deve ter sido a maneira dolorosa como bati contra o chão frio, saltei urrando de raiva e me pus de pé diante de meus primos. Emilene entre eles. Todos já vestidos e desmanchando-se numa única e barulhenta gargalhada.

– Bom dia, primo – disse Bugrão. – Hora de ir pro mato.

– Como assim? – esfreguei os olhos irritado. – Que horas são?

– Cinco da manhã.

– Cinco da manhã?! – gritei.

Nenhum ser humano deveria ser acordado antes das nove. É desumano.

– Vocês estão loucos! – gritei mais alto ainda.

Mais risos.

Nesse momento, meu pai apareceu na porta e, espantado, perguntou:

– Ô, filhão, você ainda não está pronto?

Todos os olhos fixaram-se em mim, unidos naquele risinho zombeteiro que tanto me aborrecia.

– Mas, pai, cinco da manhã?...

– Cinco e dez.

– Não posso ir depois?

– Ah, filhão...

– Isso mesmo! Vão andando na frente. Mais tarde eu alcanço vocês.

– Ele vai é voltar pra cama – garantiu um dos gêmeos de tio Rubinho.

Fiquei chateado.

– Vou nada!

– Ah, mas é claro que vai – implicou Bugrão, pegando no brinco em minha orelha e esfregando-o entre seus dedos gordos e, naquele momento, brilhantes de manteiga. Repentinamente, um dos troncos enormes que ele chamava de braços envolveu meus ombros e me esmigalhou contra seu corpanzil, gritando: – Mas a gente não vai deixar, não é mesmo, pessoal?

Diz aí, você acha mesmo que adiantou gritar, espernear ou xingar?

Foi inútil, até porque eu estava sem fôlego, esforçando-

-me para continuar respirando e contando mentalmente cada uma de minhas costelas, para ver se estavam todas ali, mesmo quebradas em mil pedaços.

Agarraram-me. Sacudiram-me. Jogaram-me de um lado para o outro. Tiraram meu pijama. Aposto que foi ideia do mastodonte, só para que Emilene visse minha cuequinha da By Mouse, vermelha e toda cheia de carinhas do Mickey e do Pateta. E, embora eu reclamasse muito, vestiram-me com as roupas que tiravam de minha mochila (imagine se o dinossauro do Bugrão ia perder a oportunidade de ver o que tinha lá dentro!), deixando o resto espalhado pelo quarto.

– Ei, primo, onde é o baile? – quis saber Inês.

Gordinha chata!

Ficou pendurando nas etiquetas de minhas roupas, perguntando isso, querendo saber aquilo, infernizando minha vida. Onde quer que eu fosse, lá vinham ela e o feioso do Guilherme, empenhando-se em tentar estragar minha manhã.

Ninguém me dava sossego:

– Por que tanta etiqueta, primo?

– É roupa de grife, gente. – No início eu ainda respondia, mas só por educação, que aquele povo era muito chato.

– Grilo? – espantou-se Tuta.

Risos. Muitos risos.

Riram de minha pasta de dentes e de minha escova com carinha do Bob Esponja, de minhas roupas. Meu boné da Springler foi jogado de um lado para o outro, até que tio I-Juca-Pirama acabou com a brincadeira, dando uma bronca em todo mundo. Inclusive em meu pai, que ficava rindo das gozações.

– Você não achava tanta graça quando a gente fazia o mesmo com você, lembra? – observou tio Juca.

Gostei do risinho sem graça na cara de seu Caio.

Em cima da mesa da cozinha tinha comida para um exército inteiro. No entanto, todo mundo já havia tomado o café da manhã.

– É só pra você, primo... – brincou Inês.

Mas não era brincadeira. Foi o que disse minha avó, observando-me com aqueles olhinhos encantadores. Ela falou que eu estava um pouco magro e que, certamente, devia passar a maior parte do tempo comendo bobagens.

Meio sonolento, cansado das brincadeiras e implicâncias dos meus primos – pior, desconfortável com o persistente olhar de meu avô, que por sua vez continuava incomodado com meu brinco –, comi. Ou melhor, engoli o máximo que pude no menor espaço de tempo possível. Claro, para alegria de vó Belinda.

Mal se encerrou aquela furiosa engolição e lá fomos nós para a Grota do Inferno.

O nome me deixou meio apreensivo, e a coisa ficou ainda pior quando perguntei:

– Vai caber todo mundo no seu carro, pai?

Pela duração das gargalhadas, percebi que havia feito a pergunta mais idiota daquela manhã.

Não iríamos de carro.

E como chegaríamos lá?

Andando.

É, pode acreditar. Fomos andando mato adentro, atolando no barro e nos sujando, eu mais do que os outros, é claro. Bugrão e Mateus se divertiam fazendo respingar lama em mim. De nada adiantava meus tios e até meu pai brigarem com os dois. Os respingos deixavam de vir por uns momentos, mas logo retornavam ainda mais certeiros. Para piorar, os outros também acharam a brincadeira engraçada, e de repente todos começaram a jogar lama em mim.

Os danados eram bons naquilo. Mas acontece que eu aprendia depressa. Bem, mais ou menos. Bastaram duas horas e muita lama na cara para que eu entrasse no jogo. Joguei barro em todo mundo.

Bugrão até que levou na boa, mas Mateus, não.

O filho de tia Filomena adora zoar com os outros, mas fica muito bravo quando mexem com ele. E, de cara feia em cara feia, nós dois fomos trocando ombradas cada vez mais fortes, até que ele escorregou e caiu numa grande poça d'água.

Todos riram. Gente, o Mateus virou bicho! Queria brigar, bufou, estrebuchou, mas os outros, a começar por Miguel e Rodrigo, não deixaram.

Até que me diverti um pouquinho, mas não o suficiente para esquecer as bolhas que começavam a aparecer em meus pés, além da dor nas costas, por causa da mochila pesada, cheia de gibis e toda aquela tralha que eu levava.

Meu pai ia bem na nossa frente. Era o próprio ecologista deslumbrado:

– Sinta este ar, filhão. A tranquilidade aqui é demais. Sem pressões de espécie alguma, sem telefonemas, faxes, *e-mails*, buzinas, escapamentos...

Aquele era apenas o primeiro dia, e papai já estava em êxtase, enchendo-se de ar puro feito um viciado, dando cabeçada em galhos, tropeçando em raízes da mata cada vez mais fechada em torno de nós. Nos pontos mais altos, a névoa ainda dominava algumas trilhas, e, volta e meia, lá ia ele ribanceira abaixo ou afundando numa poça d'água. Até meus tios achavam graça.

– Ele sempre foi assim – disse tio João Maria.

– É, mas agora está bem pior – brincou tio Mílton, os dois marchando logo atrás de meu pai, para salvá-lo de uma eventual enrascada.

– A cidade grande faz isso com a gente – opinou tio Rubinho.

– Que nada! – cortou tio João Maria. – É bobeira mesmo... e das mais preocupantes!

E, dito isso, afastou um galho, evitando que o senhor Caio desse mais uma cabeçada.

– Essa história de ecologia só piorou as coisas – resmungou vô Leônidas. – Meu filho avoado quer salvar o mundo!

– Não é bem assim, pai. Ecologia é importante... – tio Mílton falou.

– Todo exagero é ruim. Olhe só para ele. Se não fosse a gente, o entusiasmado já teria quebrado algum osso ou caído na toca de uma onça!

– É um homem da cidade grande em busca da natureza perdida – brincou tia Wanderleia, que fez questão de ir conosco.

– E dos mais desastrados! – tio Rubinho correu atrás de papai, que acabara de escorregar e rolava alegremente numa grande ribanceira, mochila para um lado, óculos para o outro, pernas e braços sumindo e reaparecendo numa confusão de lama, folhas e mato.

Caminhamos até o meio-dia, o sol queimando, os pés doendo, a mochila pesando, e eu pensando em como seria Paris naquela época do ano. Acampamos às margens de um pequeno riacho de águas escuras. Fogueiras foram acesas e alguém falou em pescar qualquer coisa para o almoço. Meu pai me chamou e disse que eu podia ficar despreocupado que ele me ensinaria a colocar as minhocas no anzol.

E quem disse que eu sabia pescar?

Melhor, quem disse que eu *queria* pescar?

Peixe, a gente compra no supermercado, certo?

Ou pode comer no restaurante. Mais certo ainda.

Bem, acabei indo, né?

Ué, você acreditou que seria diferente?

Lá fomos nós rumo ao rio. Eu ia muito bem, conformado, certo de que não tinha muito a dizer sobre o assunto, quando ouvi aquele grito bem atrás de mim:

– O último a pular no rio é mulher do padre!

Quando me virei, uma horda de enlouquecidas criaturas seminuas, lideradas pelo curupira-mor Bugrão, avançava numa correria desembestada em minha direção.

Deu para sair da frente?

Nem mesmo para piscar o olho. Quando eu vi, estava enroscado com aquela montoeira de loucos e caindo na água. Agarrei-me a meu pai – afinal de contas, a culpa de eu estar naquele lugar com aqueles malucos era dele, não era? – e caímos todos, a água fria congelando-me dos pés à cabeça, seu Caio xingando histericamente e meio mundo gargalhando, saltando e jogando água em nós.

Tudo na vida é aprendizado, e, naqueles instantes de íntimo e gélido contato com a natureza, eu aprendi outra: família é uma coisa maravilhosa... desde que mantida a certa distância!

Eu e minhas roupas ficamos secando ao sol por um tempão. Sentado debaixo de uma árvore enorme, olhei para meus primos dentro do rio, louco para afogar alguns, meu pai sorridente, mergulhado até os joelhos nas águas geladas, pescando – ou tentando pescar – com meus tios.

O almoço foi peixe e, cá entre nós, até que não estava mau. Deu para engolir numa boa, apesar do Bugrão, que, volta e meia, arrotava só para se escangalhar de rir com a minha cara de nojo.

Grrr! Aquele merecia um afogamento.

Nada podia ser pior do que aturar o porcalhão, mas eu estava enganado. A natureza se superava a cada instante comigo. Mal acabara de comer e já me preparava para tirar uma soneca, quando o telefone tocou em algum lugar de Paris e eu gritei desesperadamente:

– MAANHÊÊÊÊÊ!!!

Um bicho especialmente peçonhento entrara pela gola da camisa e arrastava-se tranquilamente por minhas costas.

Levantei num salto, pulando, quicando e me atirando ao chão, onde rolava de um lado para o outro, fora de mim, tirando as roupas, jogando o tênis novinho da Shoes, Shoes & Co. para longe, o bermudão *grunge* do Nirvana caindo numa das fogueiras, a camisa voando para dentro do mato, e eu correndo para o rio, vestindo apenas minha cueca da By Mouse.

Nenhuma humilhação podia ser maior, podia?

Podia.

Lá estava o Mateus de pé na beira do rio, bem na minha frente, um sorriso triunfal nos lábios, segurando a "enorme fera" que quase me devorara! Uma aranha que ia de um lado para o outro de minha camisa novinha.

– Qual é a marca desta camisa, primo? – perguntou ele.

Submergi nas águas frias em meio a mais uma série de gargalhadas.

Depois disso, as coisas foram de mal a pior. Parece que meu anjo da guarda resolvera me abandonar pouco depois que o asfalto terminou a alguns quilômetros de Três Corações. Alegria, alegria, eu estava no pedaço para fornecer muita munição às brincadeiras de meus primos, sobretudo Mateus.

A viagem até a tal Grota do Inferno foi a mais longa de minha vida, pode crer. Quis matar o Mateus e todos os outros. Até meus tios e meu pai.

Minha fuga do "grande monstro devorador" virou a história mais contada durante toda a caminhada e também ao redor da fogueira, pois passamos a noite no alto da serra, o frio, o vento e as piadas maldosas transformando minha vida num inferno de vergonhas intermináveis.

– Esquenta não, primo – pediu Rodrigo, num dos raros momentos em que abriu a boca para falar, em meio às estrelas que cintilavam aos milhares sobre nossas cabeças. – Eles logo esquecem tudo isso!

Tentei acreditar. Bem, *tentei*.

Abandono

Meu pai tem um amigo, ecochato como ele (com humor, vale acrescentar), que gosta muito de repetir certa frase:

"Estou mais vazio que pastel de rodoviária".

Serve para todas as ocasiões, ou quase: perda do emprego, derrota em qualquer causa ambiental, espanto diante da estupidez humana, desilusão amorosa, pagação de mico.

Pois é, eu estava vazio, mais vazio que pastel de rodoviária. Por quê?

Eu me sentia sozinho. Absoluta, completa, constrangedoramente só. Pior, fazendo papel de bobo. De maneira involuntária, é bem verdade, mas isso não mudava as coisas.

Tudo o que eu fazia ou falava parecia redundar em gargalhada. Alvo fácil.

Aposto que você está se perguntando: "E seu pai?".

Ele achava que as coisas se acertariam por si só, que eu precisava aprender a me virar sozinho, e desatava a discorrer sobre outros conceitos supermodernos que apenas serviam para aliviar algumas culpas e esconder, claro, o fato de ele não saber muito bem o que fazer ou dizer diante da situação.

Sinceramente, cara, eu bem que podia trocar tanta modernidade por um abraço ou qualquer carinho mais ou menos significativo, se ele oferecesse.

Esses pais modernos...

Precisam mais de ajuda do que seus filhos!

Era melhor eu me virar sozinho mesmo. Eu bem que tentei. Verdade, eu me esforçava! Evitava falar em marcas, procurava me enturmar; por vezes, até conseguia. Nessas horas, tinha sempre alguém para provocar, para retornar à velha discussão:

– Qual é o pijama desta noite, primo? Hulk ou Garotas Superpoderosas?

Dá para adivinhar?

É, ele mesmo, Mateus, o fantasma que me assombrava o tempo todo.

Os outros apenas faziam coro, sentiam-se estimulados a tirar um pedacinho da presa indefesa, do "primo das etiquetas", como gostavam de dizer. Algumas vezes a encheção de saco era tão grande que eu preferia me isolar. É, lá no mato mesmo, e ficar sozinho, o mais solitário possível. Contava os dias para aquele suplício acabar.

Encaremos os fatos: eu não tinha nada a ver com aquele lugar e muito menos com aquele povo. É, ninguém – ou quase – se salvava ali: nem meus primos, nem meus tios, nem os vizinhos, nem meu avô com seu olhar fixo em meu brinco. Eu só livrava a cara de minha avó. Ela seria cem por cento perfeição pura, se não fosse a mania de me achar magrinho demais e ficar me empanturrando com generosas porções de comidas e fortificantes.

Vovó era incansável. Mas também um doce. Ficava se esforçando para eu me sentir à vontade. Brigava com meus primos quando eles me amolavam e já havia dado um monte de cascudos em Mateus, golpeando-o em cheio:

– Você tá é com inveja das coisas bonitas que seu primo tem e você não, seu desgramado!

Vó Belinda era a avó que eu havia pedido a Deus. Era uma pena não poder dizer o mesmo dos outros, que só queriam se divertir à minha custa. Os que não me gozavam diretamente morriam de rir daquela zoeira toda que me infernizava a vida...

Bem, na verdade, nem todos achavam graça. Tio Mílton, por exemplo, não ria e, de vez quando, até me surpreendia, aparecendo em meus refúgios com um sorriso amistoso e uma palavra ou outra de encorajamento e simpatia.

– Esquenta não, garoto – disse ele certo dia, depois de eu ter me pegado com Bugrão e acabado com um olho roxo, além de ouvir mais e mais gargalhadas. – Seus primos têm medo do que não conseguem compreender...

– Ninguém está com medo de mim, tio – repliquei. – Eles estão é rindo de minha cara... e muito, se você quer saber!

Tio Mílton sentou-se a meu lado, e seu sorriso arreganhou-se um pouco mais, cheio de afeto.

"Por que meu pai não conseguia ser como ele?", me perguntei.

– As pessoas também riem do que as assusta – continuou ele. – Ou, pelo menos, tentam zombar ou ridicularizar algo ou alguém que não entendem.

– Esse alguém sou eu?

– Acertou em cheio, sobrinho. Você é algo novo para cada um deles. Tente entender...

– Ah, fala sério, tio!...

– Mas eu estou falando muito sério. Ou você pensa que é o primeiro a passar por isso?

Olhei para ele, ainda sem entender muito bem.

– Eu também sempre vivi neste lugar. Pelo menos até ir fazer faculdade no Rio. A gozação começou por aí.

– Que gozação?

– Ora, onde já se viu um cara que nunca viu mar, que

mora num estado cujo único mar é Mar de Espanha, resolver cursar oceanografia?

– Como assim, Mar de Espanha, tio?

– Mar de Espanha é o nome de uma cidade mineira.

– Seu avô vivia fazendo piadinhas a respeito de minha escolha, dizendo que eu ia estudar para aprender a diferenciar bagre de baleia.

– Não entendi a piada, tio.

– É que eu detesto pescaria. Você ainda não percebeu que essa é a paixão número um de todos por aqui?

– Ah, bom... E por que oceanografia?

– Eu adoro o mar. Nossa, sempre gostei. Quando a televisão chegou lá em casa, eu não perdia nada: documentário, filme, qualquer coisa que falasse do mar. Mas não parou por aí, não.

– Tem mais?

– E como tem!

– Mas você está fazendo oceanografia, não está?

– Claro. Mas agora estou falando de outra coisa.

– Que outra coisa?

Meu tio exibiu a orelha esquerda e disse:

– Disto.

Havia um pequeno buraco no lóbulo da orelha esquerda de tio Mílton, quase imperceptível, mas perfeitamente identificável.

– Você usava brinco?

– E dos grandes.

– E...?

– Acho que você pode imaginar, não?

– Meu avô?

– Rapaz, ele fez um escândalo quando eu vim de férias para casa depois de um ano morando com meus tios no Rio de Janeiro! Ficou olhando fixamente para minha orelha, e não só ele. Todo mundo veio ver meu brinco, incluindo vizinhos e gente da cidade; até o padre deu palpite. E o pior é que eu ficava fazendo papel de bobo, exibindo minhas etiquetas...

Senti que aquela última frase era para mim, mas me fingi de desentendido:

– Como é que é?

– Fiquei deslumbrado quando fui para o Rio, cara. Depois que me juntei com meus primos de lá, então, endoidei de vez. Pensa que eu queria usar as roupas que havia levado daqui? Nem pensar. Eu achava que as pessoas iriam me respeitar mais se eu ficasse parecido com elas. Não queria que reparassem em meu sotaque de mineiro e coisas desse tipo. Além do mais, eram bonitas aquelas roupas, aquelas lojas, os tênis, as camisetas...

– Você acha que tem algo de errado eu...

– Não tem nada de mais você usar roupas dessa ou daquela marca, gostar de loja de grife ou qualquer coisa assim. O problema não são as marcas. O problema é deixar que elas tomem conta de sua vida. A calça, a camisa, o sapato, o relógio, o tênis, o boné não devem ser considerados bons ou ruins pela marca ou etiqueta que ostentam, mas simplesmente por sua qualidade...

– Eu só uso coisas boas, tio!

– Melhor pra você. Mas tome cuidado pra não se ligar somente no nome do produto ou mesmo se entregar à compra pela compra. Um dos problemas das marcas é esse lance de comprar sem precisar, só pra acumular e, pior, ficar se exibindo.

– Você acha que é isso que estou fazendo?

– Sei que não é, mas alguns de seus primos podem achar que sim. Então, para não se sentirem humilhados, resolvem rir da sua cara e dessa sua mania de dizer que usa calça da loja tal, camiseta importada do Baluquistão ou o tênis norte-americano que, olhando a etiqueta, dá para ver que foi feito no Sri Lanka.

– Puxa! Eu estou assim, é?

– Muitas vezes isso é tão natural que a gente nem nota, sabia? Sei muito bem como é. Eu estava igualzinho quando voltei aqui pela primeira vez – disse tio Mílton, sorrindo. E acrescentou: – Sabe de uma coisa? Até eu me achava insuportável!

Rimos muito naquele final de tarde e voltamos para casa juntos. Tio Mílton sabe das coisas. Escondido naquele jeitão meio desligado, distraído e ensimesmado, está alguém que vale a pena conhecer... apesar de eu não curtir seus longos papos oceanográficos!

É, ele viaja, cara. Quando desanda a falar de cetáceos, pogonóforos e outras estranhezas aquáticas, até as pedras rolam ribanceira abaixo, fugindo dele. Somente vó Belinda fica horas a fio ouvindo o filho discorrer sobre as maravilhas do mar, tão distante do cotidiano daquele casarão, das montanhas e da lonjura verdejante de Bom Jesus de Camanducaia. Tudo bem, de vez em quando ela dá lá suas cochiladinhas, mas basta um segundo de silêncio e um olhar acabrunhado de meu tio para ela arregalar os olhos e insistir:

– Continua, meu filho, continua...

E acrescentar carinhosa, no melhor jeito de mãe que eu conheço:

– Tá tão interessante!...

Emilene

O nome é feio pra burro, mas ela era uma gracinha. Acho que gamei na hora e, depois de uma semana, não dava para disfarçar que ela... ela...

Epa, peralá, meu pai vivia dizendo que com primo dava problema. Não podia rolar namoro, que virava noivado e, se bobeasse, acabava em casamento. E casamento entre primos dava problema.

Mas quem disse que eu queria casar?

Eu só queria ficar. Duro foi explicar para ela o que era "ficar". Nessa hora, ou seja, enquanto tentava conversar com a menina e olhava para os lados para ver de onde o Bugrão viria, para correr para o outro lado, pensei no que vovó diria...

"Isso não passa de saliência da gente da cidade!"

É, pode ser... E duvido que a prima tenha entendido direito. Cá entre nós, não sobrou espaço nem para um beijinho roubado. Também, com o Bugrão farejando de perto os rastros da irmã, e meu pai querendo me mostrar as maravilhas da vida ao ar livre!... Peguei na mão dela e olhe lá. Penso que a Emilene parou no meu jeito desajeitado-e-cheio-de-grife-de-ser.

Bastava um tombozinho de nada, e lá vinha a prima cheia de atenções. Quando sentei num formigueiro, ela foi a primeira a se oferecer para cuidar de mim, mas tia Wanderleia enxotou a coitada, e eu fiquei nas mãos de tio I-Juca-Pirama, o médico informal da família, em se tratando de pequenos acidentes.

Ela adorou meu *CD player*, mas não gostava de minhas músicas. Como também não gostava de meus livros e gibis.

Todo mundo já havia percebido o interesse mútuo entre a gente e andava falando a mesma coisa...

"Namorar com primo é complicado, com primo é complicado..."

Bugrão andava revoltado comigo. Vivia no meu pé. E as implicâncias – por que não? – aumentaram ainda mais. Mateus vinha junto só para tirar casquinha, pois o cara era mau e aproveitador como ele só.

Eu, por mim, ia levando numa boa. Tinha horas que até dava para curtir um pouco o lugar. Já não me chateava tão facilmente. Vovó me mimava muito, e isso deixava os outros netos muito bravos.

É claro que eu me fazia de vítima, adorava ser o centro das atenções.

Puxa, aquela mulherada me paparicava demais!

Que bom, né?

Cafuné da vovó.

Carinho das tias.

Olhar apaixonado da Emilene.

Eu podia querer mais?

Podia.

Alguém bem que podia fazer com que o Bugrão parasse de fungar tão junto do meu cangote. Isso compromete, não é mesmo?

Eu sei que a irmã era dele. Mas nós só estávamos ficando, caramba!

O cara era bronco mesmo.

Quando eu dizia isso, Bugrão fechava a cara e rosnava entre dentes:

– Você vai é ficar com o olho bem roxo se eu te pegar mexendo com a minha irmã. Primo não pode!

Nem vale a pena perder tempo tentando explicar.

Aconteceu tudo muito rápido. Nem sei como foi. Simplesmente aconteceu.

De repente, assim mesmo, sem quê nem porquê, abri a boca e, muito cheio de graça, perguntei:

– Ei, Bugrão, o que você faria se ganhasse um cérebro hoje?

A resposta veio ainda mais depressa, e só não foi mais certeira porque eu abaixei assim que vi os cinco dedos da manzorra fechada do Bugrão se aproximando da minha cara. Ufa! Ela passou bem perto, e tão apertada que pude ver os nós esbranquiçados das juntas e as unhas cravadas na palma.

Esquivei-me de outro soco. Tropecei nas próprias pernas. Recuei aos trambolhões, fugindo e esforçando-me, em vão, para não cair de costas.

Que frio!

A sombra do rapagão me cobriu ameaçadoramente, os olhinhos faiscantes de raiva, estreitando-se ainda mais, praticamente desaparecendo nas dobras de gordura do rosto vermelho e de bochechas agitadas.

– Segura a onda aí, Itamar... – pedi.

Inútil.

Bugrão se invocou com a brincadeirinha, ainda mais depois que a ficha caiu e ele percebeu que eu estava gozando com a cara dele. O fato de Emilene pedir para o irmão não me bater e se agarrar como podia a uma daquelas toras que ele chamava de braço (coitadinha, parecia um pedaço de pano pendurado numa árvore enorme no meio de um furacão) só piorava as coisas. Ela gostava de mim, e nada podia deixar o cara mais invocado.

Cara, vou dizer uma coisa: a morte é vermelha e bochechuda, com fiapos de manga entre os dentes.

O bate-estaca que Itamar chamava de mão ergueu-se novamente contra mim. O sol desapareceu por trás do corpanzil do garoto enfurecido. Senti um frio danado.

Era a morte, a morte gordinha.

Fechei os olhos e esperei pelo pior. Os outros primos, mãos e bocas lambuzadas com o dourado das incontáveis mangas chupadas, mordidas e devoradas logo depois do almoço, gritavam euforicamente, até porque pimenta nos olhos dos outros é refresco. Inês arrotou barulhentamente, antegozando a dor que eu sentiria. O feioso do Tuta arreganhou a bocarra até o canto, aqueles dentes enormes, brilhantes e exibidos, como se fossem participar de um grande banquete onde eu, claro, era o prato principal. Pensei em perguntar se Leandro e Leonardo iam cantar alguma coisa, mas o clima decididamente não era o mais propício para piadas musicais.

– Mateus... – Emilene chamou o outro grandalhão da família, mas o infeliz se escangalhava de rir perto do rio e não estava em condições de fazer coisa alguma. E, mesmo que estivesse, talvez ajudasse a acabar comigo.

Pensei em levantar, erguer-me heroicamente e, diante do amor da minha vida – naquele momento, inteiramente descabelada e zonza –, enfrentar aquele gigante com alguma dignidade. Se bem que o resultado final não seria muito diferente se eu aceitasse os murros encolhido no chão, com os olhos fechados. Meu único consolo seria o "Tadinho!" que eu certamente ouviria, com a cabeça gostosamente ajeitada no colo de Emilene. Pude sentir as estrondosas gargalhadas de cada célula do meu corpo diante de tal disparate:

"Fala sério, garoto..."

Fratura exposta, dentes quebrados, nariz inchado, olho roxo. Imagens ruins para se ter nessas horas. Imagens compreensivelmente frequentes nessas horas.

O que fazer?

Esperar pelo pior ou levantar e encontrar o pior de qualquer modo, dolorosamente, por sinal.

Abri os olhos e esperei pelo meu destino como um homem.

Você acreditou?

Mentira. Os olhos estavam arregalados e fixos no Bugrão por falta de opção ou pelo tamanho descomunal do medo que eu sentia naquele momento.

A vida foi passando bem vagarosamente diante dos meus olhos, igual àquela cena do filme *Matrix*. Ou melhor, quase igual, porque eu não era o Keanu Reeves.

Ai, que dor!

Antevi o punho cerrado do Bugrão desabando devastadoramente em minha direção. Pendurada numa das narinas de Inês, uma meleca ia e vinha, na ansiedade resfolegante que parecia consumir todo o oxigênio à nossa volta.

– Deixe o menino em paz, Bugrão!

A frase se repetiu mais uma vez, e eu olhei em volta, pensando em qualquer intervenção divina.

A gritaria cessou como que por encanto. O próprio Bugrão ficou parado na minha frente, o punho ainda erguido, os olhinhos malévolos se movendo para lá e para cá, assim como eu, procurando a origem daquelas palavras pronunciadas em caráter imperativo.

Seria Deus?

Nem tanto.

– Isso não é da sua conta – resmungou Bugrão, olhando para Miguel, de pé bem atrás dele, com cara de poucos amigos.

Meu salvador.

– Se mete não, Miguel! – advertiu Leonardo.

Dois outros primos concordaram sacudindo a cabeça. A meleca resistia heroicamente na entrada da narina direita de Inês.

Miguel e Bugrão ficaram se encarando, o grandalhão ainda de pé na minha frente, o punho cerrado pairando a centímetros de meu rosto pálido e suarento.

– Você não vai querer brigar comigo, vai, Bugrão? – Era mais uma afirmação do que uma pergunta, e Miguel a fez com os olhos mais arregalados do que os meus, lâminas poderosas fatiando o troglodita em tiras finíssimas.

Inês respirou fundo, e a meleca desapareceu na profundidade abissal de suas narinas. De um momento para o outro, foi todo mundo murchando e murchando, o silêncio aumentando e o entusiasmo com a provável briga diluindo-se no ar pesado que envolvia os dois primos.

– Mas ele tava rindo da minha cara – protestou Bugrão, como se procurasse justificar seu gesto diante de alguém muito mais velho (um contrassenso, na verdade, pois Miguel era um ou dois anos – não sei bem – *mais novo* que o brutamontes).

– Vê se cresce, Bugrão, e vai procurar alguém do seu tamanho para brigar!

O "armário" foi baixando o braço, o olhar contrariado, evitando encarar Miguel, e finalmente se afastou de mim, juntando-se aos outros. A decepção era evidente. Todos esperavam por aquela briga havia semanas – desde que eu elegera o coitado do Bugrão como vítima preferida de minhas piadinhas de péssimo gosto. Mais cedo ou mais tarde, até eu sabia que ele iria me pegar. Todo mundo ali na expectativa, os primos antevendo a possibilidade de rir – e muito – à custa de meus olhos (e outras coisas) roxos, e vinha o Miguel e estragava o prazer deles sem a menor cerimônia?

– Qual é, Miguel? – reclamou Inês, parecendo mais contrariada que o próprio Bugrão. – Justo agora que ia ficar interessante...

– Muito simples. Eu sou um chato – definiu-se Miguel, ainda com cara de poucos amigos. Bem, na verdade, essa era a cara dele desde que eu havia chegado ali. Acho que ele não tinha muitos motivos para rir ou achar graça de qualquer coisa, eu descobriria mais tarde.

– É mesmo – concordou Inês, limpando o nariz com as costas da mão.

Guilherme soltou um risinho zombeteiro e, virando-se para o Tuta, disse:

– Vai ver ele está paparicando o primo da cidade grande para que o tio arranje um quartinho pra ele lá no Rio de Janeiro...

Miguel estendeu a mão para mim e me ajudou a levantar.

– Você tem um quartinho pra ele lá na sua casa, primo? – perguntou Tuta.

Olhei para Miguel.

– Se ele quiser...

Meu primo-herói baixou a cabeça, um certo constrangimento no olhar infeliz, e se afastou.

Bugrão e os outros trocaram um sorriso de satisfação, como que se sentindo vingados pela intervenção inoportuna. Nenhuma novidade. Desde que chegara à casa de meus avós, eu sabia que, quando queriam chatear Miguel, os meninos tocavam naquele ponto especialmente sensível de sua vida.

– Odeio isso aqui! – desabafara ele em certa ocasião.

Miguel detestava a vida que levava. Não eram os primos, Bom Jesus, a família. Era tudo. Simplesmente não gostava de nada que identificava como *sua vida*.

A relação dos pais era *sua vida* – os dois discordavam em quase tudo, as brigas eram frequentes e aconteciam em qualquer lugar, a qualquer hora e diante de qualquer pessoa, inclusive eu (que, por sinal, não estranhei muito: filme antigo, cara... e chato!).

A relação desagradavelmente íntima entre tio Jandir e a cachaça também fazia parte de *sua vida*. Geralmente era Miguel quem ia buscá-lo onde quer que estivesse bebendo. Também era o menino que o carregava, tirava suas roupas sujas de barro e o impedia de entrar no quarto onde a mãe se trancava nessas ocasiões. Cabia ainda a ele ajeitar o pai no sofá, limpar as poças de vômito que deixava pela casa e evitar que se deitasse na rede da varanda, à vista de algum curioso.

– Ele passa a noite inteira caindo – resmungou, chateado, quando eu o encontrei chorando, escondido no meio do mato.

Sua vida também eram os primos. As brigas eram comuns e, na maioria das vezes, Miguel era tido como o vilão. Era ele quem estava sempre errado, era ele o esquisito, que vivia pelos cantos, que não sorria, que preferia ficar lendo, que sonhava até acordado, que não saía do posto de gasolina nos limites da cidade, pegando folhetos, revistas velhas e jornais de outros lugares, que se isolava no mato à noite para olhar o céu e contar as estrelas.

Dei-lhe um exemplar do livro *O Senhor dos Anéis* e senti que ele gostou. Tudo bem, não dá para dizer que ficamos amigos. Miguel gostava do silêncio e da solidão das madrugadas nevoentas e das noites de lua cheia. (Inês dizia que ele era um lobisomem, mas quem daria ouvidos a uma criatura melequenta e intrigante?)

Depois que os outros disseram que ele havia me ajudado só para descolar um quartinho em minha casa no Rio, senti que Miguel ficava me olhando de longe, com cara de estou--pensando-e-gostando-da-ideia, se é que você me entende.

Uai, qual o problema?

O cara que me ajudou a manter a integridade do nariz merecia toda a minha consideração.

Ele vivia falando em conhecer o Rio de Janeiro. Na verdade, qualquer lugar do mundo, além dos limites de Bom Jesus de Camanducaia.

– Esse Bugrão é uma besta! – disse Miguel certo dia. – Fala mal do que não conhece e é contra aquilo que nunca viu.

Concordei.

– É certo que eu também acho muito esquisita essa sua mania de marca pra tudo e qualquer coisa – continuou –, mas isso aqui não é a melhor coisa do mundo, e a cidade grande não é a pior.

Seria legal conhecer outras pessoas, ir num *shopping*, brincar de *videogame*, ou mesmo usar as tais roupas de marca que você valoriza tanto. Sabia que umas até ficam bem bonitas em você?

Quis emprestá-las a Miguel, mas ele não aceitou:

– Meu pai não deixaria. E eu já tenho confusões demais com ele para procurar outras.

Saco.

Tio Jandir é mesmo um saco.

Dá para entender por que Miguel é tão triste.

Falei para o meu pai convidar o primo a passar um tempo em casa comigo e minha mãe.

– A Inês está em lua de mel, filho – resmungou.

Nossa! Quase peguei com a mão todo aquele ressentimento na voz de papai.

É duro quando você tem que lidar com o lado infantil e boboca de certos adultos, não é mesmo?

Pior, confunde a gente.

Quem deveria ser criança e agir como tal ali era eu... ou não?

Bem, prometi a mim mesmo retornar ao assunto quando o adulto retornasse ao corpo daquele meninão chateado que era seu Caio naquele momento.

Emprestei outro livro para Miguel.

O analista de Bagé.

Ah, nem ele resistiu...

Claro, não riu na minha frente, que o cara não dava essa confiança para ninguém. No entanto, às escondidas, eu o surpreendi gargalhando no meio do mato, longe de todo mundo, agarrado à obra do Luis Fernando Verissimo.

Problemas

Não existe família ideal. O ideal é ter sempre uma família para onde ir.

Depois dos primeiros dez dias naquele lugar, pude ver que o paraíso de meu pai e a grande família que ele carregava na memória existiam apenas lá mesmo, na memória. Aquela família também tinha seus problemas, ainda que fossem diferentes dos meus.

Tio Rubinho quase não conversava com tio João Maria, pois o considerava muito sem-vergonha e um mau exemplo para os sobrinhos, que por sinal o idolatravam tanto quanto a tio Mílton. Tia Filomena achava que tia Wanderleia deveria ficar mais em casa com seus filhos, em vez de viver no casarão de meus avós, dando despesa e trabalho. Meu tio budista não estava nem aí para nada, e tia Penélope não escondia uma vontade louca de se casar e se livrar do autoritarismo e da cara amarrada de meu avô. Miguel era muito triste, e a gente logo percebia por quê.

Tio Jandir bebia demais e, nessas ocasiões, virava bicho, queria brigar com meio mundo. Lembro-me de um dia em que chegou mais pra lá que pra cá e discutiu com vô Leônidas. A gritaria foi terrível, e só uma bronca daquelas de vó Belinda pôs à confusão.

Tinha dias em que Miguel sumia e ninguém o encontrava. Certa vez, deparei com o garoto no meio do mato, sentado numa pedra, a lua minguante refletindo-se nas lágrimas de seus olhos. Ele as enxugou rapidinho quando me viu, mas eu fingi que não havia percebido. Ficamos ali falando sobre as estrelas e a cidade de onde eu viera.

– Um dia eu vou pra lá! – disse ele, parecendo mais infeliz do que nunca.

– E vai largar tudo isso aqui? – perguntei.

– Isso o quê?

– Essa tranquilidade, o casarão, o mato, o ar puro...

– Que tranquilidade, primo?

É, acho que para ele não havia nenhuma mesmo.

Depois daquela noite, ficamos amigos, sabe? Isso não agradou nada a Mateus, que passou a implicar também com Miguel, tocando naquele ponto que mais o chateava: seu pai.

Precisa explicar mais?

Noutro dia, enquanto a gente ajudava vô Leônidas a levar algumas vacas para o curral, os dois meninos se engalfinharam e teve soco para todo lado. O vô, que não perdia viagem, distribuiu tapas em todo mundo e mandou cada um para sua casa. Vi a vó chorando na cozinha.

Eu disse para o Miguel que ele podia ir para minha casa quando quisesse.

– Vou te mostrar a cidade onde eu moro – prometi, como se conhecesse muita coisa além dos muros do condomínio em que vivo.

Já estava ficando mais fácil suportar as gozações.

– Por que você tem sempre que dizer o nome do fabricante de tudo o que usa? – quis saber tia Penélope.

– Nem eu sei – respondi. E não sabia mesmo. Disse para minha tia que talvez fosse pela força do hábito ou pela preocupação com a importância que muita gente dá às marcas do que usam ou consomem.

– Isso é tão importante assim?

– Dá *status*!

– E o que você faz com o *status*? É só para que os outros tenham inveja de você? É isso?

Pensei. Pensei. Pensei muito, mas não cheguei a nenhuma conclusão.

– Uma grande marca significa qualidade...

– Significa mesmo?

– Ué, claro... – insisti no *status*.

– Então você vale pelo que usa e não pelo que é?

Comecei a ficar sem respostas para minha tia, até porque nunca tinha pensado naquilo. Eu simplesmente pedia, comprava e usava. Como todo mundo que eu conhecia.

Tia Penélope sorriu e acrescentou:

– Mas você não é todo mundo...

Iiihhh! Minha tia tinha cada ideia...

Pensando

Fiquei pensando no que minha tia dissera. Mesmo sem querer. Não podia evitar. E, quanto mais pensava, mais me sentia ridículo!

Outra vez me vi preparando minhas mochilas e sacolas no quarto, relacionando isso e aquilo, marca após marca...

Ri de mim mesmo.

Parecia outra pessoa.

Não, cara, não é nada disso. Claro que não desisti das boas coisas da vida. E, para mim, elas serão sempre boas, com ou sem marcas. Mas tenho que admitir que minha tia tinha razão quando disse que há produtos de qualidade duvidosa que são sucesso de vendas apenas porque têm marcas famosas. Muitas das coisas que eu comprava ou ganhava de presente serviam somente para saciar minha sede de consumo. Na verdade, eu não precisava delas. E, às vezes, nem mesmo gostava. Usava simplesmente porque todo mundo estava usando. E também para que os outros me invejassem ou, pelo menos, me olhassem com alguma admiração.

Será que era por isso que eu consumia, consumia, consumia?

Era por isso que eu gostava de recitar nomes de grifes famosas? Apenas para me sentir mais importante?

Tia Penélope, que raiva!

Ela me fez pensar, e eu não estava gostando de tantos pensamentos fervilhando em minha cabeça.

De repente, me senti insuportavelmente vazio.

Descendo o rio das Onças

— Ei, onde é a guerra, primo?

Mateus começou, e ninguém parou mais de rir.

Riam de quê?

De mim, de quem mais?

Na verdade, riam de minha roupa.

Como se não bastasse a grande aventura da Grota do Inferno, meu pai inventou outro empreendimento ecoenlouquecido: a temerária descida do rio das Onças.

Imagine só esta cena: correnteza veloz, corredeiras, pedras pelo caminho, troncos rolando e turbilhonando em todas as direções, mas preferencialmente na minha. Um inferno líquido, se me permitem a definição.

Pois é... com o consentimento e aprovação dos irmãos, meu pai arranjou botes na cidade e, não satisfeito em descer sozinho o rio, reuniu os sobrinhos em torno de si para a grande aventura selvagem. E eu no meio, é óbvio.

Bem, não tive jeito de escapar de mais essa roubada, principalmente porque a Emilene ia também. E, mesmo com aquela história de que "com primo não pode" e coisa e tal, eu não queria passar por medroso (apesar de estar morrendo de medo). Fui. Mas é claro que me equipei adequadamente. Era disso que aquele boca-aberta estava rindo, de meu traje para expedições insanas rio abaixo.

Levei meu casaco com capuz e a calça do mesmo material, da Alpine & Co. E também as luvas da Pine Dome, as botas da Anorak, além da mochila da Trilhas & Campings, cheia (ou melhor, transbordante) de equipamentos. Mas o que fez meu primo rachar de rir foi a lanterna da Black Diamond que eu usava na testa, com arco e tudo.

– Nossa! – zoou o Bugrão. – Você tá parecendo um marciano com essas roupas estranhas...

Risos. Risos. Mais risos.

Meu pai também ria quando se aproximou e me perguntou:

– Você acha mesmo que vai precisar disso tudo, filhão? Afinal de contas, é apenas um passeio de bote e...

Olhei para o céu.

Estava nublado. Fazia frio. O nevoeiro ainda cobria a serra e mal se via qualquer coisa na outra margem do rio.

Tornei a olhar para meu pai.

Fiquei me perguntando por que alguém em seu juízo perfeito se entregaria àquele tipo de loucura e não encontrei nenhuma razão convincente (se é que havia alguma). Mas achei uma boa resposta para a pergunta de seu Caio:

– Não.

– Então...

– Na verdade, eu precisaria de muito mais!

– Filhão...

– Mas por enquanto isso vai servir.

Aquele rio me enganou. De verdade.

No início, quando empurramos os botes para o rio, a correnteza estava tranquila, até mesmo preguiçosa, arrastando-se bem devagarzinho, num vaivém que dava sono. Só não dormimos porque, volta e meia, alguém gritava:

– Olha o galho!

Havia dezenas deles desabando sobre nós, das árvores que se erguiam numa grande muralha verde à esquerda e à direita. Naqueles momentos, mais pareciam monstros assustadores emergindo de um espesso nevoeiro.

"O que é que estou fazendo aqui?", eu me perguntava, à medida que a tranquilidade ficava para trás, a correnteza se tornava mais veloz e o caminho líquido e barrento nos empurrava para as ilhotas verdes que apareciam aqui, ali e acolá, crescendo, crescendo, até se transformar em perigosos obstáculos.

Pensou que tinha acabado, né?

Pois se enganou. Tinha mais coisa pela frente. Pedras, muitas pedras, pedras de todos os tamanhos. Água escorrendo cada vez mais depressa, espumando feito um cachorro feroz, querendo me morder.

Corredeiras, gente boa, corredeiras.

A água nos jogava de um lado para o outro. Todo mundo gritava. A maioria entusiasmada, cheia de euforia. E eu, óbvio, morrendo de medo.

Deu vontade de vomitar. Me controlei até onde foi possível, fiquei zonzo, vendo o mundo rodopiar enlouquecidamente à minha volta, meu coração quase saindo pela boca, meus olhos arregalados, o fígado, os rins, o baço, os intestinos enroscando-se dentro de mim como se quisessem fugir, sabe-se lá como. Bem, finalmente vomitei. Em grande estilo, em cima de todo mundo.

– Deixe de ser porco, primo! – gritou um dos gêmeos, procurando inutilmente se esquivar de um de meus petardos, digamos assim, alimentares.

O bote estava vivo. Balançava, empurrava a gente para lá e para cá através da correnteza trovejante, sacudido pelo vaivém de meus primos atabalhoados para fugir de minha indisposição estomacal.

Iiihhh, o bicho pegou de verdade!...

Era incontrolável.

O belo café da manhã da vovó perdeu-se nas águas espumantes e lambuzou todo mundo. Se fosse de propósito, talvez eu até curtisse. Mas, como estava virando do avesso naquela tremenda nau dos insensatos, ficando verde, azul, amarelo, branco-fantasma, nem tive tempo de gargalhar – o que, convenhamos, era bem difícil, com a boca arreganhada de orelha a orelha.

Sobrevivemos.

Passamos pelas corredeiras, ziguezagueamos desengonçadamente entre as pedras, um bote fugindo do outro, chocando-se de vez em quando, mas prosseguindo alegremente para lugar nenhum.

– Bem, o pior já passou, meninos – disse meu pai, o grande aventureiro ecológico de nossos tempos, respirando fundo e olhando para a frente sem medo algum.

Foi nesse instante que ele viu nuvens negras debruçando-se pesadamente sobre mim, ou melhor, sobre todos nós. Não deu tempo nem de fechar a boca. Desabou um tremendo pé-d'água.

Cabruuummm!!!

Que doideira!

Era muita, mas muita água caindo em cima da gente. Em certo momento, nem sequer conseguíamos ver as margens do rio. Muito menos o outro bote, que nessa altura já devia estar bem próximo de nós.

– Que maravilha! – ironizei. – Sol, ar puro, tranquilidade, horas vagas para não fazer nada... que delícia...

Meu pai e meus primos remavam furiosamente, enquanto eu exercitava meu sarcasmo e pensava em minha mãe, lá no alto da Torre Eiffel, remoendo sentimentos de culpa em relação a mim.

Não estávamos indo para lugar algum, pois cada um remava numa direção diferente, gritava feito louco e mal se via em meio àquele dilúvio.

– Eu queria fazer xixi – pedi. – Dá pra parar um pouquinho pra eu...

– Cala a boca, primo!

O grito veio de todos os lados. Nem deu para ver quem gritava, pois um segundo mais tarde o bote bateu em alguma coisa bem grande e jogou todo mundo para cima. Depois saltou para a esquerda e nós fomos lançados para a direita, para cima e, finalmente, para bem longe dele.

Esparramei-me de costas sobre um terreno lamacento. Bugrão – tinha que ser ele – caiu por cima de mim com mais três. Vi meu pai se debatendo no rio, envolvendo o pescoço de Mateus com o braço e nadando para a margem, onde estávamos. Depois vieram a nado Miguel, Rodrigo e os outros. Choveu por mais de meia hora. Quando por fim parou, olhamos de um lado para o outro, ofegantes e preocupados, meu pai resmungando porque a mochila de comida tinha ido por água abaixo com todos os seus apetrechos de aventura.

– Onde a gente está? – perguntou Emilene.

Olhamos uns para os outros durante certo tempo, até que todos os olhares convergiram para o nosso Indiana Jones, também conhecido como meu pai.

Ele também não sabia. Mas eu, sim.

Estávamos perdidos.

E daí?

Não é para me gabar, não, mas me dei muito bem em toda aquela confusão. Graças à minha "roupa de marciano".

Primeiro porque me molhei muito pouco. Além disso, não tive que enfrentar o frio que, à noite, deixou todo mundo tremendo igual vara verde.

Eu explico por quê.

Meu anoraque era feito de náilon térmico, bem leve e forrado com uma impermeável película de poliuretano. A calça era do mesmo material. Minhas botas, de tela arejada e solado com ranhuras, também eram à prova d'água e tinham uma forração contra o frio. Na mochila eu levava uma bússola incrível, e minha lanterna livrou os mais medrosos do inconveniente da noite escura e nevoenta.

Ah, é... Vale a pena falar dos bastões de iluminação química. Enquanto seguíamos pelas margens do rio durante a noite, ou quando parávamos para descansar um pouco, eles foram de grande utilidade. Bastava dobrá-los ao meio para obter uma luz suave e, acima de tudo, tranquilizadora, pois clareava todo o ambiente sem um fio de fumaça. Mais ecológico, impossível.

Nada de pilhas ou tomadas. Tínhamos três metros de iluminação, com a vantagem de não atrair a mosquitada que infestava a mata.

É bem verdade que, depois de utilizar os bastões, você fica com a bananosa de se desfazer deles, pois são produtos químicos e não podem ser jogados por aí. Mas eis que surge a minha espertíssima mochila, com seu grande número de elásticos que permitem dependurar vários acessórios, inclusive um saquinho para guardar cartuchos de bastões usados.

E os meus binóculos com corpo de borracha?...

Resistiram bravamente à chuva e à lama e ainda abriram caminho para as trilhas que levavam ao ponto de partida de nossa expedição.

Tem mais. Como os cantis se perderam na correnteza, meu filtro d'água salvou o dia. Bastou rosqueá-lo numa das garrafas que eu carregava, bombear a água para dentro e... *voilà*: água fresquinha e pura.

Precisa dizer mais ou você já adivinhou?

Sem favor algum, me transformei no herói da pequena aventura que foi retornar para o casarão. Eu e meus apetrechos.

Alguém quer rir deles agora?

Bem, sempre haverá alguém como o Bugrão e o Mateus, mas e daí?

Para os meus outros primos, além dos tios e avós, aquelas coisas que eu carregava não eram assim tão inúteis. Eles só não entendiam a minha mania de ficar repetindo os nomes e as marcas de tudo.

– Era mesmo necessário carregar tudo aquilo? – perguntou tio I-Juca-Pirama, no dia seguinte.

– Claro que não. Não mesmo. Mas foi bom, né?

Depois disso, tanto eu como os outros primos paramos com as implicâncias. Já não nos preocupávamos com coisas sem importância. E eu, em particular, resolvi dar uma chance àquelas férias ecológicas, antes que acabassem.

Afinal de contas, não foram tão ruins, ainda mais depois que me tornei herói. Na verdade, passamos a trocar figurinhas.

Eu falava do mundo urbano em que vivia e eles me ensinavam a viver no deles. Bom Jesus de Camanducaia até que acabou me parecendo um lugar bem simpático. Tudo bem que não havia *shoppings* nem *superburgers* em cada esquina, mas também não tinha trânsito caótico ou carros velozes me caçando nas ruas.

O tempo passava devagar por ali, e isso não parecia incomodar ninguém. As pessoas se conheciam pelo nome e gostavam de ficar sentadas na porta de casa para conversar e ver quem passava. Eu era um acontecimento por lá. Eu, meu brinco e meus apetrechos de sobrevivência na selva. Volta e meia, até aparecia algum amigo dos primos para me conhecer.

Acabei conhecendo uma pessoa bastante especial: Fê Borges, a filha do vizinho de vô Leônidas, uma moreninha muito sorridente que... Com prima não podia, mas ninguém havia falado nada sobre filha de vizinho.

Pois é, cara, esqueci a Emilene!

Pode me chamar de volúvel, cachorrão ou qualquer outro nome. Eu aguento.

A Fê é linda. E, melhor ainda, tem uma tia que mora aqui no Rio, mais especificamente no Meier, que ela visita todo ano.

Que coincidência, não?

Eu não moro no Meier, mas Vila Isabel não é longe de lá. As férias dela na minha cidade prometem...

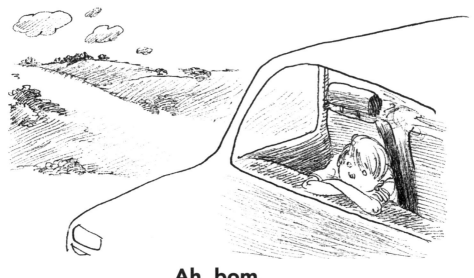

Ah, bom...

Uma cidade na ponta da montanha, brilhando na escuridão, como se fosse um balão de luz no meio de um forte nevoeiro, monstro insaciável engolindo tudo à sua volta.

Essa imagem não sai de minha mente. Uma estranha sensação vai aos poucos tomando conta de mim, calando fundo na alma.

Recordo nitidamente de que fui me afastando lentamente daquele panorama irreal. Tudo foi ficando para trás, a multidão de rostos e corpos se multiplicando em minha cabeça. Meu peito apertou, senti um nó na garganta. Depois, a dor forte se transformou numa dorzinha besta, a angústia foi virando saudade e agora vive confortavelmente no meu coração.

Quem diria que eu pudesse sentir falta daquele bando de caipiras? Até mesmo do olhar severo de vô Leônidas. Por falar nisso, até hoje ele não aceita meu brinco. Mas, pelo menos, já se conforma.

É um começo, não?

Estou de volta. Minha mãe também. Vocês precisam ver o sorriso na cara dela. Mais apaixonada do que nunca, anda rindo até de fratura exposta. O namoro caminha a todo vapor para um casamento bem próximo. Ela diz que talvez na próxima viagem – Ilhas Gregas, Cancún ou qualquer coisa bem paradisíaca – eu vá com eles.

Ah, bom...

Meu pai é que está mordido.

Fazer o quê?

Vida que segue.

Resolvi ficar solidário. Talvez possamos embarcar numa grande causa ecológica antes que ele morra de dor de cotovelo. Acho mais fácil voltarmos qualquer dia desses para Bom Jesus de Camanducaia, isso sim.

Saudade, cara, saudade...

Não acredito que esteja sentindo isso. Alguém deve ter feito um clone meu naquele fim de mundo. Só pode ser. Do contrário, o que explicaria tanta vontade de voltar para lá?

Pensando bem, foram legais as aventuras que vivi naquelas semanas. As comidas deliciosas feitas por vó Belinda ainda me dão água na boca, só de lembrar. Me recordo com saudades da bagunça noturna, das mil e uma vozes do Bugrão, do chato do Mateus e da grande amizade que fiz com Miguel. Sem falar da Emilene...

Tá, com prima não pode, eu sei! Mas pensar nela com carinho não é proibido, é?

Tem tudo isso e mais um pouco para recordar e não ficar

pensando na melação que virou o namoro de minha mãe com o "Astrobaldo".

Sabe que, afinal de contas, aquela viagem não foi tão ruim? Estou até aprendendo a entender meu pai. Aceitar é outra história, mas compreender não é uma tarefa das mais difíceis.

Seu Caio realmente acredita no que diz e faz. E, mesmo que eu não concorde com ele, devo respeitar sua opinião. Para ser sincero, as semanas de férias em Minas me levaram a ver um outro lado do mundo e a perceber que ele é bem maior do que eu imaginava; vai muito além de mim mesmo e de minha visão.

Não, não, o mundo não corre o menor risco de me ver nas passeatas ao lado de meu pai. Simplesmente não é meu estilo. Eu curto o silêncio, e acho que sempre dá para fazer muita coisa em favor do planeta do meu jeito mesmo, bem antes que os adultos o destruam irremediavelmente.

Prometo reciclar. Prometo jogar lixo nos locais adequados. Não emporcalharei. Não sujarei o mundo. Procurarei preservar os lugares à minha volta. Agirei como inquilino e não como dono do planeta. Serei um humano consciente.

É claro que os problemas vão muito além dessas promessas infantojuvenis, mas vou fazer minha parte. Sem discurseira. Sem exageros. No maior silêncio.

Chuva ácida, toda essa coisa atômica e tóxica que os caras andam jogando por aí, o buraco na camada de ozônio, esgotos matando rios, lagos e até oceanos, desmatamento e outras tantas coisas parecem grandes demais para eu combater sozinho, mas vou pensar no assunto e ver o que posso fazer.